ベリーズ文庫

強引な次期社長に
独り占めされてます！

佳月弥生

STARTS
スターツ出版株式会社

目次

強引な次期社長に独り占めされてます！

強引な次期社長に
独り占めされてます！

ハロウィンの夜

「今年はゾンビが多いねー」

「一番手っ取り早いんじゃない？」

ライブハウスを借りきって、毎年恒例だという我が社のハロウィンパーティー。目の前ではアマチュアバンドが演奏中。それを聴きながら、幼馴染《おさななじ》みで親友でもある、今は女性版フランケンシュタインに扮《ふん》した芽依《めい》がカクテルを飲み干す。

私が勤めているのはイベント会社ルーメン。社員数は二百名とごく少数。でも音楽関連のライブイベントから、お堅いビジネスプロモーションまで幅広く手がけている。

親会社は、世界各地で事業展開しているウエスホールディングスグループで、ルーメンはその一子会社ではあるけれど、業界内では中堅の位置にいるらしい。

今日も見た感じ、社内パーティーというより一般イベント並みの力の入れようで、ゾンビの他にもいろいろなオバケがうろついている。中にはなぜかピーターパンがいたりして仮装大会さながら。そもそものクオリティも半端ない。

「可南子《かなこ》はなんの仮装？」

「うん？　えーと、魔女」

フード付きの真っ黒なケープを纏《まと》い、そのフードを目深《まぶか》に被っている。

「それで、あんたは前見えるの？　フード外してもいいじゃない」

「だって……」

顔を出したくない。小学生の頃から男の子には『ブス』とか『不細工』とか言われて、隠すのが習性になっていた。会社でも長い前髪を下ろしていて、たまに鬱陶しがられることもある。

「もったいないじゃん。見た目も可愛《かわい》い部類だし、体型もいい感じに肉感的なのに」

「……それはどういう意味で？」

「可南子のことだから、昔いじめられてたのを引きずってるんでしょ？　あの当時は確かにふくよかだったけど、今はちょうどいいじゃないの」

そう。昔と身長は変わらないくせに、体重は半分になっている。

だからといって、言われた心ない言葉や、冷たくされた態度に萎縮《いしゅく》し続けた性格が、簡単に変わるはずもない。

「こんなたくさん会社の人がいる前で、私だってバレたくない」

「どーせ、部署ごちゃ混ぜで誰が誰だかわからないって。でも、それなら……」

そう言われるなり手を繋《つな》がれて、ぐいぐいとパウダールームに連れ込まれた。

「ちょ、ちょっと?」

なにを考えているの?と戸惑っていたら、芽依がにんまりとした。

「きっとあんたは、こんなことになるって思ってた。いいから任せて」

ポーチからメイク用品を取り出し、いきなりパフで顔を叩《たた》いてくるから目をつぶる。

「魔女なら魔女らしく、妖艶な魔女を狙いましょ。せっかくのボディラインを隠すのはもったいない」

「ちょ……嫌だってば、芽依!」

「口開けてるとパウダー入るよ。ブライダル課でも人気者の芽依さんを見くびらないでねー。いつも忙しくて滅多に会社に戻れないけど、ウェディングから特殊メイクまで、人気があって引っ張りだこなんだから。とにかく、経理部らしいお堅いナチュラルメイクじゃなくて、派手派手にしちゃおう。素材は悪くないし、腕の見せどころよ」

そうして半ば無理やり、芽依にメイクをされてしまった。

目の前の鏡を見ると、肌は白く塗りたくられて青白く、アイラインはくっきり太く入れられて、目の脇にはアートさながらに蝶《ちょう》のシルエット。ラメ入りのブルーのアイシャドウをのせられて瞼《まぶた》はキラキラ、眉はいつもより少しキツめに見える。

瞬《まばた》きをすると盛られた睫毛《まつげ》がバサバサ、唇は赤黒く塗られてぷっくりギトギト。

「芽依。グロス気持ち悪い」

「黙りなさい」

ブツブツ言っても始まらないけど、全く別人に見える私がいた。

「なんだか知らない人が鏡の中にいる」

「そうなるようにしたもん。これだったら会社の人に気兼ねせずに遊べるでしょ？」

……そうかもしれない。

パチパチと瞬きをすると、鏡の中の私はとても色っぽく見えた。

「たまにはハメ外しなって。もう二十三歳なんだから、真面目《まじめ》に堅苦しく生きてたら、いつか爆発するよ？」

「……はぁーい」

楽しむために張り切って来ている芽依をパウダールームに拘束しているのも悪いし、しぶしぶ会場へ戻った。

「よし。じゃあ、可南子。私は柊《しゅう》のところに行ってくるね」

芽依とブライダルプランナーの柊君は付き合って一年半。仲がいいのは問題ないけど、こんなときは困る。

「ええ～。置いていっちゃうの？」

情けない声を上げると、芽依が苦笑した。

「私に付きまとっていたら、可南子だってバレると思う」

かなり嫌だ。しょうがないからオレンジジュースのグラスを取り、壁際にピッタリくっついて芽依に手を振る。芽依はしばらく呆《あき》れたように見つめてきたけど、諦めたふうに肩を竦《すく》め、なにも言わずに離れていった。

その姿が人ごみに消えたのを確認すると、外していたフードを目深に被る。そして隙間から見える景色に溜《た》め息をついた。

華やかな席は苦手。そもそもイベントスタッフやプランナーの人とは違って、私は完璧な裏方の事務職だもん。

オレンジジュースを飲みながらフロアを見渡す。

まさか、血を流しながら笑ってビールで乾杯しているゾンビや、真っ青な顔をしてノリノリに踊っているナースの姿をライブハウスで見ることになるとは、思ってもみなかったな。

新入社員一年目の去年は風邪をひいて欠席したし。これはこれで見ているだけでも楽しめそう。

……だって、冒険は冒険だもん。

不思議の国にウサギを追っかけていっちゃう女の子。舞踏会に行きたがって、カボチャの馬車に乗っていっちゃう女の子。人間の世界を見てみたくて、ウキウキワクワク海底から海面に飛び出してしまった女の子。物語の主人公の根本にあるのは、すべて好奇心だと思う。

「だけど、冒険は飛び込む勇気が必要だよね」

ぼんやりと独りごとを呟《つぶや》いて苦笑した。

好奇心がないわけじゃない。でも、好奇心があっても、飛び込む勇気がなければ見ているしかできない。

「ひとりが怖いなら、ふたりならどうだろうか」

唐突に低い声が聞こえてきて、聞き間違いかと思いつつ隣を見た。

そこには見上げるほどの長身の男の人。私と同じように全身真っ黒なフード付きのケープ……というよりマントを着て、肩には素晴らしいクオリティの大鎌を背負っている。ちらりとフードの下に見えたのは、ドクロだ。

死神って、目に見えるものなの？

「知り合いは……いないんですか？」

続けられた低い声は紛れもなく人間の男の人のもの。よく見ると、ドクロの仮面は目もとだけを隠すタイプで、ちゃんと人間の口が見えた。

「驚かせてしまいましたか？」

「少し。でも大丈夫です。ちょっと失礼して飲み物を取ってきますので」

その場を離れようとすると、突然手を掴《つか》まれて立ち止まる。

「僕がもらってきましょう。カクテルでいいですか？」

雛《ひな》祭りの甘酒以外、お酒を飲んだことはない。お父さんは下戸《げこ》だから、お正月にお酒の用意もしなかったし、大学時代も飲みには誘われなかった。だけどやっぱり好奇心はある。どうしようか考えてから顔を上げた。

「では、軽くて飲みやすいカクテルを」

仮面の下で微笑《ほほえ》まれたような気がして、少し頬が熱くなる。

彼は私の手を放すとバーカウンターの方に行ったので、私は溜め息をついてまた壁際に寄りかかった。

これは、私にとって人生初のナンパになるの？　まさかね？

瞬きをするとバサバサと睫毛が重たい。そういえばメイクが濃いんだった。

だから綺麗《きれい》に見えたのかも。普段の私なら見向きもされないって思うし。

でも、気分はいい。今の私は他人から見たら別人に見えるのかな？　見えるんであれば、私だってバレない？　それなら……。

考えている途中で、彼がグラスをふたつ持って戻ってきた。無言で渡されて、愛想笑いを浮かべる。

「ありがとうございます」

彼は無言で頷《うなず》いて隣に来ると、同じように壁に寄りかかった。

「そういうメイクをしている女性に言うのは失礼だと思いますが、綺麗ですね」

「友達にしてもらいました。すごいですよね。まるで別人になった気がします」

私は受け取ったカクテルをひと口飲んで、広がる甘さに首を傾《かし》げる。

オレンジジュースに見えるけど違う。どこか桃みたいにトロッと甘い。コクコクと味を確かめていたら、私を窺《うかが》うように、隣の彼が話しかけてきた。

「あの……さすがに僕でも、メイクの技術はよくわからないので褒めないです」

「そ、そう、ですか」

もしかして、私自身が褒められているの？

「目が綺麗だから、フードで隠すのは残念だと思います」

「アイラインでいつもより三割増しですし、マスカラで睫毛も長くなってます」

私が慌てて言うと、彼は仮面の下で微笑んだ気がする。そしてそっと顔を近づけてきて、低い声で囁《ささや》いた。

「目の輝きが綺麗だと、具体的に言った方がいい？」

他人行儀な敬語ではなく、唐突に砕けた口調に変わったのに驚いて瞬きを返す。

それはとってもわかりやすく、超具体的な口説き文句に聞こえる。

「まさか、初めてなのか？」

な、なにが？　これって間違いなくナンパだよね？　ナンパは確かに初めての経験だけど、この人はなにを聞いてきているの？

「うちの会社のハロウィンパーティー」

ああ。なるほど納得。さすがに『ナンパは初めてか』っていきなり聞いてくる人はいないか。

ホッとしながら笑顔を作る。

「はい。初めて来ました」

まだ社会人二年目。去年は欠席しているからもちろん初めて。ひとりで頷いてからフロアを見回した。

「ずいぶんクオリティ高いですよね」

「君もなかなかだと思うな。タイトな黒いロングドレスに、フード付きのロングケープ。竹箒《たけぼうき》とトンガリ帽子があったらもっと完璧」

「家にあるもので仮装しただけです」

ケロッと言うと、彼は無言になった。そしていきなり私の肩に手を置く。

「……たまには楽しもうか?」

どうしたことか悲しそうな声音に、さすがにムカッとした。

どうせワードローブの中は黒ばかりです! だからって、普段楽しんでいないとでも言うつもりですか⁉ 楽しみ方は人それぞれでしょう?

服が黒だろうが、いつも俯《うつむ》いてばかりで猫背だろうが、社内ではほとんど誰ともしゃべらなかろうが、私は人生謳歌《おうか》してますとも!

……主に童話の中で。

童話って夢があるもん。ふわふわで幸せ。現実で嫌なことがあっても、夢の世界にいられれば次の日には嫌なことは忘れられる。

でも、現在の目の前は、とても現実とは思えない亜空間。私を私だと認識できる人は、きっと芽依のみ、ということの状況。一夜の夢なら、楽しむのもいいんじゃない?

「例えば、楽しいことって、なんですか?」

カクテルを飲んでふわりと笑うと、彼も口もとを微笑ませ、おもむろに私のフードに手をかける。

「フードを外して、世界を広く見てみるとかは?」

ふわりとフードが外された。それから彼は私の両サイドの髪をかき上げ、そのまま耳にかけてくれる。

ゆっくりと触れて、離れていく温かい指先。仮面の奥の表情はわからないけど、じっと見つめられているようでドキドキが止まらない。

大人の女がこれくらいで、ドキドキしていちゃいけないのかもしれない。これでも大学時代に友達の紹介で異性と付き合ったこともあるし、まるっきり男性経験がないわけでもない。そうは言ってもこの性格だから、あまり楽しい思い出はないのも確か。

これは〝誘われて〟いるのかな。

考えていたら、バンドの曲が急に激しいものに変わって、思わずステージを振り向いた。

色とりどりの電飾がクルクル回りだし、なんだか違う場所になってしまったみたい。死神の彼もステージを見てなにか言っているようだけど、バンドの音にかき消されてなにも聞こえない。

「なんですかー？」

声を張り上げると、彼は私の耳もとに顔を近づけてきた。ほのかに感じたのは、少し柑橘《かんきつ》系のスッキリとした甘いにおい。

「俺と一緒に、出ないか？」

「なにに出場するんですか？」

「いや。なにかに出場ってわけじゃなく、俺と一緒にライブハウスを出ないか？」

私と……だよね。

うん。たまにはハメを外すのもいいよね？

にんまりと微笑むと、グラスの中身を飲み干して彼の手を掴んだ。

「ひとりやふたり、いなくっても問題ないですよね。行っちゃいましょうか！」

自分から彼の手を引いて、ライブハウスの出入口に向かう。

「友達はいいのか？」

「彼氏のところに行きましたから！」

音に負けないよう、お互い怒鳴り合うように会話をして、ライブハウスの重いドアを開け、ふたりで狭い階段を上がる。

月夜の中に飛び出すと、ライブハウスの騒音は消えて、街の喧騒《けんそう》に取って代わった。

「どこに行きましょうか？　死神さん」

自分でも驚くくらい明るく振り返ると、死神さんは楽しそうに笑った。

「死神さんか……まぁ、いいか。魔女さんはどこに行きたい？」

「楽しめるところに！」

夜の街にもハロウィンらしい仮装の人がいて、皆楽しそうにしている。おとぎ話や漫画の住人、それからオバケと現実の人たちが混在して、なんともシュールでおかしくなっちゃう。

「あー……じゃあ、ちゃんとしたものを食べて飲めるところにしようか」

言いながら彼が仮面を取ろうとしているのに気がついて、慌ててその手を止める。

「私もメイクを落としませんから、死神さんも仮面は外さないでいただけませんか？」

「お互いに知らない者同士でいようってこと？」

「はい。今の私は、いわば魔法がかかっている状態なので……ダメでしょうか？」

最後は窺うようにして呟くと、死神さんの口もとは笑みの形になった。

「いいよ。ハロウィン一夜の魔法ってこと？」

「はい！」

「そうだな。俺も普段はこうじゃないから……とりあえず、どこに行こうか？」

手を繋ぎ直し、歩きだす彼についていきながら、街の様子にクスクス笑う。

「この辺りは居酒屋ばかりですけど、仮装していたら割引もあるようですよ」

「ああ、本当だ。できれば座れるところがいいな。立食だと食べた気がしなくて」

パーティーでは軽食もあったと思うけど、食べていないのかな？

「お腹が空いているんですか？」

「今日も仕事だったのに、終わってから直接会場に来たから。上役に参加しろってうるさく言われて、しょうがなく来た感じ」

土曜日の今日も仕事かぁ。確実に私が所属している経理部の人じゃないよね。経理部以外でも、事務職の出勤は土日休みだし。同じ会社でも関わりのない人だろうから、ちょっと安心かも。

「どこか近くでご飯にしましょうか。私も食べてないんですよね」

そうして近場の居酒屋に入ると、これまたゾンビの一団に出迎えられた。

「なんだか妙な気分になるな」

死神さんのぼやきに笑って、可愛いカボチャの着ぐるみを着ている店員さんに案内されて席に着き、メニューを広げながら彼を見る。

「さっきのカクテル、美味《おい》しかったです。なんて名前のカクテルなんですか？」

「名前は聞かなかった。オレンジジュースで飲みやすいのって頼んだから」

「残念。じゃ、店員さんに聞いてみます」

そう言ってメニューを渡すと、彼が仮面の下で戸惑ったような気がした。

「どうかしましたか?」

「あ。いや。俺がメニュー決めてもいいの?」

「私はおにぎりにします」

おにぎりでお腹いっぱいになると思うし、居酒屋は新入社員歓迎会のとき以来で、実はなにをどう注文していいのかわからない。

「それじゃ、軽いものもなにか頼もう。空きっ腹に酒もまずいから」

「私、他にお酒を飲んだことがないのでわかりませんが、美味しかったですよ?」

死神さんはしばらく黙って私を眺めて、急いでメニューを開くと店員さんを呼ぶ。

慌てたように注文する彼をぼんやりと眺めて、どうして焦っているのかわからないけど、その姿がなんとなく面白い。

頭に包丁が刺さった店員さんがいなくなると、死神さんは静かにメニューを閉じる。

「……君はもしかして、いろんなことが初めて尽くしなんだな?」

「そうですねー。お酒のことをおっしゃっているんなら。大学時代も飲みには誘われなかったし、歓迎会でもジュースを飲んでましたー」

　ニコニコ笑いながら言うと、死神さんの雰囲気が少しだけ怖くなる。

　ゆらゆらと黒いオーラが見えてきそうじゃない？　死神さんにはぴったりだ。

「あ、そう。じゃ、教えておく。なにも食べないで飲むと、酔いが回りやすいぞ」

「ああ！　聞いたことはあります！　そういう意味での〝まずい〟でしたかー。美味しい美味しくないの方だと思いましたよぅ」

「とりあえず君のその様子を見る限り、さっきのカクテルが強かったのか、単に君が酒に弱いだけなのか」

　どっちでしょうね？

「確かに私……うまくしゃべれてないみたいなんで、お休みした方がいいかも？」

　いつも以上によくしゃべっている気もする。しかも、意識しないとほにゃほにゃとしゃべり始めそうな感じがする。

「烏龍《ウーロン》茶とおにぎりを頼んでおいたよ。まぁ、まだ少しの判断力は残っているようでよかった」

　よかったなら、よかった。私はあっさりそれで片づけて、まわりを見回した。

　ちょっと小洒落《こじゃれ》た居酒屋。店内はモダンな和風の造りだけど、その和風の中をテキパキ歩き回るゾンビやオバケに笑っちゃう。しっかりし過ぎなんだけど。

「……そんなウブだと男にいいようにされるぞ？　俺とは会社が同じでも初対面で、正体も明かさないってことは赤の他人も同然だし」

冷静な声に私は振り返り、ふふんと鼻で笑った。

「ウブっていうのは、世間知らずの箱入り娘のことでしょう？　私は普通のサラリーマンの家庭に育ちましたー。男の人と付き合ったことだってありますー」

「へぇ。それは驚きだ」

まるで信じていないような棒読みで言われて、ぷくっと頬を膨らませる。

「私だって驚きましたよ。でもまあ、やるだけやったらすぐ逃げられましたけどねー」

ケラケラ笑いながら言ったら、死神さんがちょっとだけのけ反った。

「ストップストップストップ！　そんな告白いらねぇ！」

「だって死神さん、楽しいことをしようって言ったくせに、説教くさい」

「……悪かったな」

注文した料理が届いて、私は烏龍茶、そして死神さんはビールで乾杯をする。

「まずは食え」

香ばしいにおいをさせている焼き鳥を差し出されて、ぷいっと顔を背けた。

「おにぎり、まだ来てないもん」

拗《す》ねたように呟くと、小さく息を吐かれる。

「いいから食え。お前を見てたら、保護してやんないといけない気分になってくる」

「私は子供じゃありませーん。今日は妖艶な魔女だもん」

「だもん、とか言ってる段階でガキと一緒だろーが」

呆れたように言われ、ちょっと冷静になってくると、恥ずかしくなってきた。

確かに現在、私はメイク、彼は仮面姿で、会社で会ってもお互いに気づかない、知らないままって可能性が高い。

だからって、おそらく初対面であろう異性に、突然こんな風変わりな恋愛遍歴を告白したり、普段の私とは違う、とんでもない醜態を晒したりしていいわけじゃない。

「ふーん?」

小さな呟きに我に返る。死神さんを置いてけぼりで考え事をしていた。

「酔いが醒《さ》めたようだな。顔色はわからないが、耳が真っ赤だ」

死神さんは行儀悪く頬杖《ほおづえ》をつきながら焼き鳥を食べつつ、じっと私を見ている。

わかります。メイクのおかげで見た目には顔色は変わっていないでしょうが、顔が熱いもん。

隠れるようにフードを被ったら、それを彼に指先ではねのけられた。

「ふたりで黒いマントにフードを被ってたら、どこの怪しい宗教団体になるんだよ」

お互いにフードを目深に被って、なおかつ向かい合わせに座って食事をする。想像すると、なにかの儀式でも始まりそうな雰囲気がプンプンしてきた。

「でも、死神さんだけフードってズルイ」

だけど彼は歯を見せて笑うと、からかうように首を傾げる。

「ズルくない。俺はフードを外すなら仮面も取るぞ？」

それはどういう脅しですか。

「普段の君は、きっとおとなしいんだな」

静かに言われてギクリとした。

おとなしいというよりも、私はたぶん暗い。親友に『たまにはハメ外しなって』と言われるくらいには。

「とりあえず、食ったら酒を飲んでもいいよ。素面《しらふ》だと恥ずかしくなってるようだから。この際、自分の限界を知るのも大切だろ」

また焼き鳥を差し出されて、手を伸ばすと離された。

「あの……？」

「はい。口開けて」

唇の端だけ上げて、ニヤリと笑っている死神さんの口もとが見える。そして、彼はゆっくりと私の唇に焼き鳥を突きつけてくる……。

「ほら。結構うまいよ？」

促されて仕方なく微《かす》かに唇を開けると、香ばしくて甘じょっぱいタレの風味が口に広がった。外側はパリッとしていながらも中は柔らかい。

「美味しい！」

モグモグと咀嚼して口を開けたら、また焼き鳥を食べさせてくれた。

「……なんかヤバイ」

呆然《ぼうぜん》とした呟きに、瞬きして顔を上げる。

「人に食べさせるって、こんなに楽しいもんなんだな。なんかエロい」

その発言自体がヤバイですー！

それからは、楽しそうに差し出してくる食べ物を遠慮した。

同じ会社の人相手なのに、お互いになんとなく会社の話は避けて会話を続ける。

私がこんなに男の人と打ち解けて話をすることなんて、今までにもないんじゃないか。これぞハロウィンの不思議空間の成せる業なのか……。

とにかく、昔流行《はや》ったおもちゃの話や、最近のトレンドを交えての話は思っていた以上に楽しくて、気がつけば会話はどんどんはずんでいった。

途中からは薄めのチューハイを頼んで、ほろ酔い気分でカラオケにも行き、死神さんが大きな鎌を持ちながら最新のロックを歌うから、お腹を抱えて笑ってしまった。もう一生分は笑ったんじゃないかってくらいに笑って、カラオケが終わるとふわふわ気分のままで駅まで歩く。

「お前、駅からひとりで帰れるか？」

駅前まで来ると、死神さんはちょっぴり心配そうに私を見ていた。

少しだけ酔っぱらいだと思うけど、さっきほどじゃない。

「大丈夫ですよ。楽しかったですー」

「そんなしゃべり方で、大丈夫って言われてもなー。かなり怪しい」

死神さんは年上風を吹かすなぁ。きっと年上には違いないんだろうけど。

「電車降りたらタクシーで帰りますし、平気ですよ～」

「じゃ、送るのはホームまでな？」

二十三時の駅は、仮装したオバケたちばかり。やっぱりその様子は不思議な世界。

それを横目で眺めながら改札を抜け、階段手前でコケそうになって、後ろから抱きかかえられた。

「あ、ありがとうございます」

「気をつけろよ？　お前はなにもないところでもコケそうだな」

耳もとで聞こえる声に慌てながらも、目を丸くする。

片手で私の体重を支えられたよ。今の体重だと、簡単に支えてもらえちゃうんだ。

ちょうど屈《かが》むように死神さんは支えてくれているから……。

「ぶら下がることもできる？」

「はぁ!?」

驚いたような声を無視して振り返り、彼の首に手を回すとぶら下がった。

死神さんは無言だ。反応を期待していたわけじゃないけど、とっても困惑されているのがわかる。

しばらくぶら下がってから地面に足をつけ、手を放してから視線をゆっくり逸《そ》らしてみる。

ちょっと、いや、かなり気まずい。

「……楽しかったか？」

「ちょっぴり」

「俺はどっちかというと、こうした方が楽しめる」

急に腰に手を回されると引き寄せられて、そのままボフッと死神さんのマントにくるまれた。

視界は真っ暗闇だし、これは間違いなく抱きしめられているし、どういうこと⁉

パニックになっていたら、クスッと小さく笑ったような声が耳もとで聞こえ、微かに柑橘系のにおいが鼻孔をくすぐる。

「こんなことばっかしてると、襲われるぞ、お前」

「……し、死神さんは、紳士だもん」

「頭悪いな。枷《かせ》になっているのは、お前が正体不明だってことだけだよ」

それはお互い様。そう言いかけ、ますます引き寄せられて身体が密着した。

「死神さ……」

これ以上はダメですー！

思いきり突き飛ばしたら、あっさり手を放されて、かえって私がフラフラするハメになってしまった。

通り過ぎていくオバケたちの口笛や冷やかしに俯くと、その頭にズボッとフードを被される。

「まっすぐ帰れよ」

顔を上げると、死神さんは私に背を向けて、すでに改札の方へ歩きだしていた。

……頭の中は真っ白。だけど、ハロウィンの魔法の時間はもう終わるって考えると、ちょっと寂しい。楽しい時間は、あっという間に過ぎてしまう。

フードを両手で深く被り直したら、死神さんが立ち止まった。

「ああ、そうだ。魔女さん」

振り返り、彼がなにか投げてきたから慌てて受け止める。

「イタズラしなかったから、それやるよ」

そう言うと死神さんは手を振って、今度こそ改札を出ていった。

私の手には黄色いビニール。見てみると、オレンジとレモンのイラストが描かれたキャンディがいくつも入っている。

トリック・オア・トリート?

私は、結構イタズラしたような気がしないでもないんだけど。

「甘党なのかな。死神さん……」

ぼんやりとした呟きは、街の喧騒に吸い込まれるように消えていった。

衝撃

ハロウィンが遥《はる》か彼方《かなた》に追いやられた、十二月に入ってすぐの水曜日。黙々と仕事をしていたら、総務課の課長である野間《のま》さんが、私の顔を見るなり困った顔をした。

「いい加減、前髪切らないと目が悪くなるよ、松浦《まつうら》さん」

野間さんは、黙っていれば三十一歳とは思えないくらい童顔。なのに、話すとどうしても世話焼きおばさんを思い浮かべてしまうのは、野間さんの性格のせいだと思う。パーマのかかった髪をポンパドールにしているのが彼女のトレードマークだ。

片や私は、腰まで伸ばした髪をバナナクリップでひとくくりにして、前髪は鼻辺りまで伸びている。

「これくらいがちょうどいいんです」

鬱陶しいと言われても、それが私にはちょうどいい。

いつも俯き加減に歩いているから、邪魔そうに見えて邪魔じゃないんです。

「野間さん……なにかご用ですか?」

自社ビルの二階、エレベーターを降りて右側に、総合戦略管理本部の事務所がある。

総務部と経理部と人事部が集まっているけど、ワンフロアの執務室。

野間さんはいつも忙しくしていて、用もないのに経理部の私のところまで席を立って来るのは珍しい。

「あ。ちょっとお願いがあって。おつかいに行ってきてくれない?」

ほつれて落ちてきた髪をかき上げながら、野間さんがニコリと微笑む。

「おつかい、ですか?」

「中央区《ちゅうおう》のフリマイベントの設営図、忘れていった馬鹿がいて」

「お届けすればいいだけですか? 月次報告書の締め切り間近なので、設営を手伝えとか言われたら困ります」

野間さんは「うーん」と唸《うな》って顔をしかめた。

「人使いが荒いのがひとりいるねー。でも、忙しいって断っていいよ」

「それで通りますか?」

以前もそう言われたのに、コンサートの荷物チェックに駆り出されたんですが。

「締め上げられる、とでも言いなさい。もしくは相手の名前を聞いて、野間に連絡してくださいって」

私は封筒を渡されて小さく息を吐いた。

人見知りだから、おつかいはちょっと苦手なんだけどなー。でも、これを私に持ってくるってことは野間さんも忙しいんだろうし。

「いってきます」

立ち上がり、同じ階のロッカールームでコートを羽織ると会社を出て、ビル街特有の冷たい風に、マフラーもしてくればよかったと後悔する。

電車に乗って最寄り駅で降りると、地図を頼りに教えられたイベント会場に到着。

それからスタッフ専用の搬入口を覗《のぞ》き込み、この寒空の下にペラペラのスタッフジャンパーを着た人たちを見つけた。

一応、イベントスタッフではないから出入口で声をかけてみたけど、作業をしている人たちには聞こえていないみたい。

「あの……！」

勇気を出して再度声をかけた瞬間、後頭部にゴツンと衝撃が走った。

勢い余って前のめりに倒れる。もちろん顔も思いきり地面にぶつけて、目の前がチカチカ。

「だ、大丈夫か？」

ガランガランとなにかを床にぶちまける音と一緒に、男の人の声が聞こえた。

痛いことは痛いけど、羞恥心が勝って慌てて起き上がる。

「だ、大丈夫で……！」

顔を上げた瞬間に見えたのは、明るい色合いの茶色の髪。だけど、次の瞬間には視界が急に暗くなって、ふわふわとした感覚。

あれ……？　まだ昼間なのに暗く……？

物事を考えられたのはそこまでだった。


「あんたたちねぇ。お客様じゃないからいい、とはならないのよ？」

どこかで聞き覚えのある声。たぶん、野間さんの声だ。なんで野間さん、不機嫌なの？　それにしても、どうして野間さんがここに？

私、眠って……。あれ？　私は仕事中じゃなかった？

パチリと目を開いたら、野間さんの心配そうな表情と、全然知らない男の人の顔が見えた。

「……目が覚めた？」

野間さんの向こうに見えるのは、青みがかった白い天井と、無機質な蛍光管《けいこうかん》の明かり。そして感じるにおいは薬品のキツイにおい。全く知らない場所だ。

焦点が定まらない。なんでだろうと眉をひそめ、動きかけたら後頭部に激痛が走って呻《うめ》く。

「ああ、無理はしない方がいいです、松浦さん。ここは病院だから安心してください」

そう言って視界に入ってきたのは、見覚えのある、経理部の上原《うえはら》部長だった。

「びょ……病院？」

「状況を説明しましょう。プランナーがイベント会場の設営図を忘れていき、その図を野間さんが松浦さんに持っていくように頼んだ。そして松浦さんが会場の入口にいたところ、高井《たかい》君が金属製のポールを持ちつつ、前方不注意も甚だしく、スマホを見ながら歩いてしまい……」

唐突に始まる、いつも通り丁寧な上原部長の長い説明。野間さんの咳《せき》払いが間に入ってきた。

「上原部長、クドイです」

「状況説明としては適切でしょう。とにかく、高井君の持っていたポールが松浦さんの後頭部を直撃し、意識はあったものの、その後すぐに気を失って病院に運ばれた」

そして今に至るわけですね。

溜め息をついて、『高井君』と呼ばれた人を見ると、バツが悪そうに頭を下げる。

「すみませんでした」

「あ……いえ。大丈夫、です。たぶん」

困ったようにしている高井さんを眺めた。

私より年上っぽい。眉は弓なりで優しそうな目をしている。鼻は高いけど、男の人っていうよりは少年って印象の人。

「とりあえず松浦さん、今日は入院ね？　一応、頭を打ってるから念のために」

野間さんがテキパキと宣言するから、私は目を見開いた。

それは困るよ。月次報告書の作成が途中だもん。

「そもそもこれ、労災だからね。真面目なのもいいけど、そうしてもらわないと逆に困るから」

大事件にされたくない。焦りながら上原部長を見た。

ちょっと癖のありそうな黒髪に、いつも涼しげな顔の上原部長。今日はいつもより表情が優しく見える。確か部長は三十代に入ったばかりのはずだけど、常に落ち着いていて無表情なのに珍しい。

「心配しなくても問題はないですよ。ちゃんと休んでください」

決算期ではないにしても、仕事に支障をきたすようなことは私が嫌です。

でも、帰りたいと訴えても入院は決定事項として言い渡され、入院に必要な荷物は野間さん経由で芽依に頼むことになった。

上原部長が芽依が来るまで残ってくれるらしい。でも、野間さんと高井さんが帰ってしまうと……やっぱり困った。

残された上原部長は無言。正直言って間がもたない。

考えてみれば、部長と会話をしたことってあまりないよね。書類を頼まれたりは言われ慣れているんだけど、基本的に私は男の人が苦手だし。自分から話しかけるような勇気もないもん。

難しい表情をしていたら、ひょいと上原部長が顔を覗かせた。

「痛いですか?」

「え……はぁ。動いたら少し」

「君は顔をもうちょっと出すべきですね。無表情の子だと思っていましたが、よく見るとコロコロと変わるようだ」

あまり見ないでください。処置のために上げられている前髪が嫌だよー。

そう思っていたらノックと同時にドアが開いて、白衣を着た女性医師が入ってきたから会話が途切れる。

結果としては、『軽い脳震盪《しんとう》だとは思うけど、気絶の時間が長かったから』という理由の、念のための入院らしい。

お医者様がいなくなって溜め息をついたら、頭上から微かに笑い声が聞こえる。

「松浦さん、緊張し過ぎじゃないですか？　顔がこわばって見えます」

上原部長を見ようとして頭を動かすと、痛みにまた顔をしかめた。

後頭部にも瘤《こぶ》があるのか、動くと猛烈に痛い。どれだけ激しくぶつかったんだろう。

「無理はしない方がいいです。動くと痛いでしょう」

カタンとなにか聞こえたと同時に椅子を引きずるような音。上原部長が私の視界の範囲内に移動してくれる。

でも、これはこれで緊張してしまうんですが……。

許される範囲で前髪を下ろすと、上原部長は眉を上げた。

「僕を相手に人見知りですか？」

どうしてバレたんでしょう。それに、さっきから私の考えを読まれているかのように、なにも言わなくてもポンポンと言い返されている。

「上原部長って、超能力者ですか」

「その言葉の意味はわからないですが、話せるようならパソコンのパスワードを教えてくれると助かります」

パスワード？　どうして？

不思議そうにしていると、部長は私をじっと見つめ、それから次になにかに気づいたように目を見開いてから、どうしたことか最後に柔らかく微笑んだ。

「今週は心配しないで休め。木曜、金曜と休めば、土日はカレンダー通り休みだろ？」

急に変わった部長の口調と表情に、ギョッとしながら何度も瞬きを返す。

いったいあなたは誰ですか。そんな……『だろ』っていきなり言われても困るよ？

「迷惑をかけたのは高井。君は気にするな。俺が月次報告書を一からやるより、君が途中までやってくれたデータを仕上げる方が楽だからな。だからパスワード教えろ」

それはそうだろうけど。私が出社すれば問題ないように思うんですが？

でも、私の言いたいことに気づいたのか、上原部長は今度は厳しい表情で軽く首を横に振った。

「今は安静にしているから感じないだろうが、よく考えてみろ。退院してその日に出社して仕事しろって、それじゃ鬼だろ」

上原部長がそう言いながら、急に身を乗り出してきたからびっくりした。そのままそっと私の前髪を分けて耳にかける。

「俺はこっちの方がいいな。人と話すときは目が見える方がいい」

「はぁ……」

「とにかく、さっさと俺にパスワードを教えて少し休め。君の友達が来るとしても、野間が社に戻ってからの連絡になるだろうし」

……申し訳ない気もするけど、上原部長がここまで言うなら引いてはくれないよね。

パソコンのパスワードを伝えると、彼はただ頷いて聞いていた。

「あの、メモしなくても」

いいんですか……という言葉は、自信満々の笑顔を見て呑み込む。

部長って、こんな表情もするんだ。今日は普段と違う表情ばかり見ているな。

「八桁くらいは暗記できるって。数字のみのパスワードはセキュリティ甘いぞ？　出社したら速攻で変えろな？」

ざっくり注意を受けて、再び瞬きした。確かに甘いとは感じていたけど、思いつかないから最低限の数字にしているのに。

「しかも生年月日は最悪だ。なんのために経理のパソコンをネットワークから切り離してると思ってる」

今度はガッツリ注意を受けた。

パソコンのセキュリティのためですよね。存じています。

「あまり思いつかなくて」

「好きな英単語でもいいぞ。あるだろ、なにか」

「私の生年月日なんて、覚える人はいませ……」

言いかけたら、上原部長に咎《とが》めるような視線を無言で返された。

はい。部長は覚えたわけですね。

「考えておきます……」

もぞもぞと布団を引き上げ、隠れながら呟くと、小さく笑ったような声が聞こえる。

笑顔の部長は想像したことがなかった。人間なんだし、笑うこともあるだろうけど、いつも無表情に近い淡々とした印象があって、勝手に苦手意識を持っていた。大抵の男の人はすぐに私の外見のことを言うし……。

気まずさを隠して無言でいたら、部長も黙り込んで、その静けさにちょっとうとうとしてきた。沈黙が心地いいと感じたことはなかったのに、どこか安心している。

微かな生活音に気がついて耳をすませた。部屋の外を行き交う人の話し声や誰かの足音。窓の外の風の音。そしてときどき声をかけられて生年月日を聞かれる。

自分の誕生日をまどろみながら答えて、どうして同じことばかり聞くんだろう、と夢心地に考えて……。

「ちょっと、うちの親友になにをしてくれてんのよ」

んん？　なんだかいきなり騒がしい。

「おそらくは誤解です。どうでもいいですが、君は少し声が大きいと思います」

落ち着いた低い声は上原部長ですね。じゃあ、もうひとりの高い声の女性は？

「普通は加害者が残るでしょ！　あんたじゃないなら加害者どこよ！」

「松浦さんが帰らせました」

「可南子が男と話すはずないでしょ」

「それはどういう意味でしょう？」

心底不思議そうな部長の声に、今度はパッチリ目を開けた。

見ると、飛び込んできたのは落ち着きはらってパイプ椅子に座っている上原部長と、その部長のネクタイを引っ張り上げている芽依の姿。

びっくりして起き上がろうとした瞬間、目眩《めまい》がして目をつぶった。

うわ～……。なんだかこれ、血の気が引くというか、貧血に似ている。

「松浦さん、いきなり起き上がろうとしないでください。そもそも動かないように」

上原部長の冷静な声音に、おそるおそる目を開ける。

なんと先ほどと同じ体勢で、心配そうにしている芽依と無表情の上原部長が見えた。

ふたりともなんだかシュールだけど。

「ごめんなさい」

「怪我人の前で騒いでいるあなたの友達が悪いと思います」

小さく息を吐きながら、上原部長は芽依からネクタイを取り上げた。そしてそんな部長を芽依は鬼のような形相で睨《にら》んで……いるのはなんでだろう。

もしかして、芽依は誤解している？

「芽依。その人、私の上司だよ」

呟いたら、彼女がキョトンと目を丸くして振り向いた。

「え？　上司？　経理部の？」

「上原部長は間違いなく私の直属の上司。その人は私の怪我とは関係ないよ」

芽依はしばらく上原部長を眺め、徐々に状況を理解したのか赤い顔になっていく。

「す、すみません。それならそうと、どうしておっしゃってくださらないんですか。私はてっきり可南子に怪我させた張本人かと……もう！」

「話をするチャンスがあれば、割り込んでいました」

淡々と話しながら、何事もなかったかのように部長はネクタイを結び直している。

その姿は無表情で、いつも見ている丁寧な言葉使いの〝上原部長〟だ。さっきまでのざっくりした口調や優しそうな笑顔は一切見えない。あれは幻だったのかな？

でも、普段の上原部長はやっぱりあらゆる物事に動じない人だと思う。今は動じなさ過ぎて逆に驚きだけど。

「じゃあ、松浦さん。僕は社に戻りますが」

立ち上がりながら部長は私を振り返り、それから片方の眉を上げた。

「いきなり起き上がらないように。仕事のことは忘れて。無理も無茶も今は禁物です」

ビシッと指を差されて、瞬きを返す。

「はい……」

返事をしたら、部長は少しだけ目もとを微笑ませて、どこに置いていたのかわからないけど置いてあったらしいコートを羽織ると、病室を出ていった。

「……あれが、あんたの上司？　私は社外に出てることが多くて事務所に縁がないから、あんな人がいるって知らなかった」

どこか感心したように呟いて、芽依は誰もいなくなったパイプ椅子に座る。

芽依もいろいろなことを気にしなさ過ぎだと思う。

「かなりイケメンじゃない。あんなのが普通に近くに座っていたら、萌《も》えるね～」

イケメンか。うん。そうかも。あまり男の人と視線を合わせることもないから、今日は初めてまともに部長の顔を見た気がする。

鼻筋はスッキリ高くて、眉毛はまっすぐで実直そうで、ちょっとだけ奥二重っぽくて。目は無表情だと怖い。綺麗な人の無表情って、怒っているようにも見える。

「事務職はスーツだもんね。イベントスタッフなら、もっとラフな格好してるか」

よくわからない理解をしている芽依を黙って見つめていたら、苦笑を漏《も》らされる。

「可南子にしては珍しいじゃない、前髪を上げてるの。でも痛そう」

芽依は自分の額を指差し、顔をしかめる。

額の瘤が青くなっているのかな。思わず触りかけて、やめた。絶対に痛い。

「部長が、会話してるときに目が見えた方がいいって、勝手に分けてきたの」

「そうなんだ？　なかなか手慣れてるねー、あの部長」

手慣れてる？　なにが？

眉を寄せるとケラケラと笑われた。

「可南子。上司に前髪を直されるってどうなの」

どうなのって言われても。眉根をさらに寄せて唇を尖《とが》らせる。

「いろいろあり過ぎて、どうでもよかった。前髪を下ろして横になってたら、実は髪が目に入って痛かったし。っていうか私、痛々しい感じ？」

「うん。その青あざは痛そうだなー」

そっか、〝痛々しい〟のか。

そんな風に思いながら、入院に必要な最低限のものを芽依に持ってきてもらうようにお願いして、窓から見える外の暗さに何時か聞くと、十八時過ぎと言われてびっくりした。

「……部長、こんな遅くまでいてくれたんだ」

ボソッと呟くと、芽依も微笑んで頷く。

「私が喧嘩《けんか》売ってるのに、やたら冷静でびっくりした。だけど、いい上司だね？」

お互いに顔を見合わせて小さく笑った。

それから芽依は荷物を取りに行ってくれて、戻ってきたときには私は眠っていたらしい。そしてその夜は、夜中に看護師さんに何回か、生年月日を聞かれるために起こされ続けた。

出勤

月曜日。瘤に触ってしまうと、ちょっとだけ痛い。だけど青さは薄くなったし、腫れも引いてきている。少し残った青さを隠すため念入りにメイクをしたら、いつもより電車に乗るのが遅くなってしまった。

どうせ前髪で隠れる、とはいっても、一応、見えたときに瘤がバレると驚かれるだろうし、身だしなみは大事でしょう。

遅刻ギリギリってわけじゃないけど、今日はロッカールームに寄らないで、直接事務所に行こう……と出社してみると、社員出入口に高井さんが立っていた。

ペラッペラのスタッフジャンパーを着て、寒くないのか軽装の彼にびっくりする。

「おはよう。松浦さん」

「おはようございます」

満面の笑みを見て、当たり障《さわ》りなく頭を下げて通り過ぎようとしたら、なぜか高井さんはついてきた。

「あれからどう？　頭痛い？」

退院するときに『頭痛や吐き気がしたら病院に来るように』という、お医者様の真面目な言葉があったくらい。

「大丈夫です」

そう言って、到着したエレベーターに乗り込むと、やっぱり彼はついてくる。

なんだろうと思いながら目的階でエレベーターを降り、廊下を歩いて、右側にある事務所のドアに手をかけたとき、いきなり腕を掴まれ、びくりと高井さんを見上げた。

「ご飯食べに行きませんか？　お詫《わ》びも兼ねて」

お詫び以外になにを兼ねるつもりだろう？

どうすればいいのかな。ぼんやり考えていたら、低い声が割り込んでくる。

「退院後の怪我人を、すぐに食事に誘うのは感心しないですね。それに、そういうことは業務後にした方がいいと思います」

声のした方を振り返ると、黒に近いグレーのコートを着た上原部長が、無表情で腕を組んで立っていた。

「しかも、朝っぱらから出入口を塞ぐのは問題ですね」

「ああ。すみません！」

パッと高井さんが手を放して離れてくれたから、安心して息をついた。

ような気もした。

「では、失礼します」

軽く頭を下げて事務所に入る直前、目を丸くした高井さんと上原部長の顔が見えた
それに背を向けて正面に向き直った途端、野間さんが視界に走り込んでくる。

「おはよう、松浦さん。調子はどう？　歩いて大丈夫？」

心配そうに、でも遠慮や容赦はなくペタペタと身体を触られて、少し引く。

「おはようございます。ご、ご心配おかけしました。特に頭痛も吐き気もないので、問題ないと思います」

手招きする野間さんについていきながら頷くと、ホッとしたような顔をされた。

瘤に触らなければ大丈夫……だと思う。

「あまり無理しないで。でね、さっそくだけど、労災申請に記入して提出してもらえると助かる。病院の領収書と印鑑はある？　ないなら明日まで待つから」

申請用の書類を受け取っていたら、入ってきた上原部長が呆れたような視線で私を眺めているのに気がついた。

「部長、なにかありましたか？」

「なんでもないですが……。ガッカリしていましたが、いいんですか？」

首を傾げたら、部長はちょいちょいとドアを指差して、ふっと笑う。

「君は高井君に返事していないようですが」

そうは思うんですけど……。

「社交辞令でも、きちんとお返事しないと、やはり失礼でしょうか？」

普通の〝松浦可南子〟として男の人と食事に行くなんて、想像もつかない。

「気を持たせたくないなら断るべきですね。男としては少しかわいそうに思いますが」

部長はコートを脱ぎながら席に向かった。その後ろ姿を見て、そういうものかとも思う。確かに話が中途半端になったけど、誘われたのは私だもんね。

事務所のドアを開けて左側を向くと、エレベーターホールの方向に、スタッフジャンパーの後ろ姿が見えた。イベントスタッフさんは社外にいることが多いから、これからどこかに行くのかもしれない。

「高井さん」

その場から後ろ姿に声をかけて呼び止めると、彼は破顔して再び近づいてくる。

「お誘いありがとうございます。ですが、お断りさせてください」

「うん。もっと体調がよくなってから誘います。ところで、松浦さん、彼氏いるの？」

いきなりなんでしょう？

目を丸くして唖然《あぜん》としていたら、高井さんは微笑み、数メートル前で立ち止まった。

「じゃ、俺はこれから会場設営に行かなきゃならないから。また今度」

私の答えも聞いていないのに爽やかに手を振って去っていく彼を、黙って見送った。

……あの人、私の言ったことを理解しているのかな。私は今、『お断りさせてください』って言ったんだけど。絶対にわかっていないよね？

でも、今から彼を追っていくわけにもいかない。諦めて席に向かうと、脱いだコートを椅子にかける。視界の隅に、俯いて肩を震わせている部長が目に入った。

もしかしなくても笑っているよね。ドアを開けっぱなしで高井さんと話していたから、今の会話は筒抜けだろうし。

まぁ、いいか。仕事に関係ない。

席に着いてパソコンの電源を入れていたら、同じ経理部の芳賀《はが》さんが出社して、私の顔を見るなり明るい笑顔で近づいてきた。

「おっはよー、松浦ちゃん。復活？」

芳賀さんは二年先輩。ストレートの長い黒髪で〝華やか〟という言葉が似合う美人さん。綺麗だけど、たまに毒舌で、なんでもポンポン言う姿は憧れでもある。

「頭や額に触らなければもう痛くありません。お休みをいただいてしまって、ご迷惑をおかけしました」

「私に迷惑かかったわけじゃないし。全く、女の顔に傷つける男って最低よね。痕が残ったら責任取ってもらいな」

それは遠慮します。責任とかって、ちょっと重い。

「まぁ、いいわ。とりあえず伝票整理があるから、それやっつけちゃいましょ。後は部長が受け持ってくれてるから」

張り切りモードの芳賀さんから、今日こなす予定の仕事を受け取り、後ろの席の部長を振り返った。

通路を挟んで私の真後ろが上原部長の席。私の隣が芳賀さん、そして向かいの席には三年先輩の幸村《ゆきむら》さん。芳賀さんの目の前は、無口で清楚《せいそ》な沢井《さわい》さん。そして沢井さんの後ろが瀬川《せがわ》主任の席。

部署ごとに低めのパーテーションで仕切られているけど、経理部の面子《メンツ》同士はデスクを並べて仕事をしている。よく言えばアットホームな私の職場。

今回の件では、上原部長に一番迷惑がかかったんだろうなぁ。

「ああ、松浦さん」

目が合うと、その部長が立ち上がり、クリップボードを片手に近づいてきた。

「パソコンのパスを変えるのを忘れないでください。それから、クリスマス会には参加しますか？」

言われたことがいきなり過ぎて、一瞬反応が遅れる。

パスワードは前にも言われていましたが、クリスマス会？

「クリスマスになにかありましたか？」

「クリスマス会という名前の馬鹿騒ぎがあります。ハロウィンと同じで、毎年コスプレパーティーになりますね。うちの会社はそういうのが好きですから」

無表情で放たれた言葉に首を傾げる。

毎年って言われても、去年クリスマス会があったかどうかすら覚えていない。

「去年は松浦ちゃん、来てないよね。確か、大学の同窓会に参加するとかで」

芳賀さんに横から言われて思い出した。嫌だー、と思って、それらしい嘘《うそ》をついて欠席した記憶ならある。

「松浦ちゃーん。ハロウィンも来てないんだし、クリスマスは参加するべきよ。ハロウィンは来るって言っておきながら来てなかったでしょ」

ハロウィンは行きましたよ。途中で抜けましたけど。

でもそれを言ったら、私が別人のようにメイクをして変わっていたこともバラしてしまうことになる。

「ライブハウスのあの混乱の中でわかるわけがないでしょう。現に、僕は芳賀さんには会いませんでした」

淡々とした上原部長の言葉が割り込んできて、芳賀さんが目を丸くして立ち上がる。

「上原部長、いたんですか？」

「毎年、パーティーの途中から仮装が誰かに見つかるまではいますよ。今年は誰にも見つからなかったようで、僕も不参加扱いされましたが」

上原部長もいたんだ。部長って、そういうのは参加しなさそうなのに。

「上原部長が参加してるとは、思ってもみませんでした。そういうの、部長は来ないと考えてました」

芳賀さんもそう思ったらしい。驚く彼女に部長はただ頷いた。

「社内イベントの参加は、会社の一員としては当然です。見つかると運営側の手伝いを頼まれるのが面倒なので僕は早々に帰りますが。今年はバレる前に店を出ました」

つまり部長は途中参加で、速攻で帰宅されているんですね。

この流れからは、私がクリスマス会に参加しないということは言えなさそう。なんたって、『会社の一員としては』だもんね。

「参加します」

ボソリと呟くと、上原部長に見下ろされた。そしていきなり彼は手を伸ばしてくる。思わずギョッとしたら、部長は私の前髪を指先でそっと持ち上げた。

「腫れは引いたようですが、まだ少し青い」

「は、はい。メイクでごまかしてます」

「え。お前、これでメイクしてんの？」

ポロッと出てきたざっくりとした言葉に、その場にいた人の動きが止まる。

「意外。部長がフランクに会話してる」

「それはどういう意味ですか」

芳賀さんの言葉に部長は難しい顔をして、クリップボードになにか書き足すと、それ以上はなにも言わず席に戻っていく。

部長って、長口上のような説明以外は淡々と敬語で話すイメージなのに、今、唐突に砕けた口調になったよね。そしてまたすぐに丁寧な口調に戻った。病院のときもめちゃくちゃびっくりしたけど、その切り替えの速さに驚いちゃう。

そもそも、ほとんど会話らしき会話をしたことがない私ならともかく、芳賀さんにまで目を丸くされているんだから、私が思っている部長のイメージは間違っていない。

基本的に部長は常に表情も変えず飄々《ひょうひょう》としているし、仲間とも打ち解けていない感じ。社会人として、それはそれで正しいし、そういう人がいるから、私も始終無言でもそれほど浮かないんだと思う。

考え事をしながらも黙々と仕事をこなし、でき上がった書類を部長のところに持っていく。そこで昼休みのチャイムが鳴った。

「松浦さん、今日も弁当ですか？」

「はい？　あ、いいえ。今日は……」

いつもの私はお弁当持参で、デスクで食べている。今日は時間がなくて作れなかったけど、それがなにか……？

「弁当じゃないなら、一緒に誘ってくれると助かります」

疑問符しか浮かべていない私に気づいて、部長が続けた。

「他にも出前を頼む人を誘ってほしいです。一人前じゃ出前を受けつけてくれなくて」

ピラリと黄色い紙を渡されて、無言でそれを見つめた。

私の手もとには、近所のラーメン屋さんの出前用チラシ。私が事務所の皆様に声をかけろと……？

嫌だ。社交力が試されるようなことは、それこそ芳賀さんに頼めばいいのに。

そう思って振り返ると、芳賀さんはすでにいない。

「少し立て込んでいて、社外に行って食事をするのは面倒なんです」

書類に視線を戻した部長の頭を、私は困り顔で見下ろす。

きっと私のせいだ。ひとり休むだけでも、しわ寄せが誰かに行ってしまうから。

「すみません。私が休んだから……」

上原部長は持っていた書類をデスクに置き、下から私の顔を覗き込んだ。

「月次報告書くらいで僕が手いっぱいになるはずがないでしょう。単に、書類提出期限ギリギリに、領収書を大量に総務宛で渡してきた馬鹿がいるだけです」

最後にはニヤリとされて、私は目を丸くする。

「だから、松浦さんが気にすることではない。それより、出前を頼みたいのが本題でしょうか」

「あ……」

昼休みも限られるから、急がなくちゃ。

誰か助けてくれそうな人を探して、野間さんに向かっていく。

「野間さん、あの」

「はいはい。壱《いち》の屋《や》に出前頼むなら、私は醤油《しょうゆ》ラーメンでいいからね」

手にしたチラシを見て、野間さんがサラッと注文してきた。

「頼むのは頑張りますから。募集を助けてください」

「簡単よ。壱の屋の出前を取る人ー、って大きな声を張り上げれば勝手に注文されるから。そっちも頑張りなさい」

え。なにそれ。そうなの？

「え、えーと。壱の屋さんの出前取りますー」

そんなに大きな声を上げたわけではないけど、事務所に残っていた人たちからメニュー名が次々に飛んできた。慌ててそれをメモに取り、上原部長のメニューも聞いてから、ドキドキする心臓を宥《なだ》めつつ出前の注文をする。

私もやればできるじゃん。でも、今日一日だけで私にとっては半年分くらいの会話量だ。ぐったりとデスクで俯いていたら……。

「上原部長、スパルタですねー」

遠くから野間さんの言葉が聞こえて、視線だけ上げて彼女の方を見る。

上原部長が『スパルタ』？

「松浦さんはどうも内向的だから、これくらいがちょうどいいでしょう」

部長の声も後ろから聞こえた。

「人のこと言えるんですか？　部長だって社交的じゃないくせに」

「僕は社交的にも〝なれる〟から」

どういうことだろう。上役同士では話が通じている？

「せめて病み上がりじゃないときにしてあげてくださいよ。この子が大変でしょう？　ただでさえ、人の言うことをまともに受け止める子なのに」

「少しは大人を疑ってかかるべきだと教えてやれ」

飛び出てきたフランクな口調にピョコンと頭を上げ、上原部長を振り返った。

上原部長はデスクに頬杖をついて、微かに……本当に微かに楽しそうな顔をしながら私を眺めている。

これって、もしかして謀られた？

「たまには、経理部以外の人間と話すのもいいだろう？」

今度はハッキリと笑った上原部長に、口をパクパクさせて絶句する。

私、部長に対して、他の人とお話ししたいってお願いしたことはありません！　全く話さないわけじゃないですし、単に私から話しかけないだけですから！

「これ、パワハラって言いますか？」

「これくらいでパワハラで訴えられたくないぞ。親心だろ、親心」

「いくつでお父さんになったつもりですか」

きっぱりと答えたら、部長は眉を上げて腕を組んだ。

「なんだ。ちゃんと自己主張もできるじゃないか」

私だって自己主張くらいします！　それをわざわざ言葉にしないだけです。

だって、する必要もないでしょう?　確かにうちの会社は明るい人が多いけど、明るい人に合わせなくちゃいけない法律はないし、無個性も立派な個性です。

だいたい、仕事をするのに個性的である必要がどこにある。いちいち面倒じゃない。

「なかなか面白いな、君は」

三十代そこそこで、そんな口調の部長もなかなか面白いと思います。説教くさいっていうか……と考えて、その〝説教くさい〟というフレーズに、なにかが引っかかって眉を寄せた。

なんだろう。思い出せそうで思い出せない。そもそも部長って、こんなに話をする人って印象がない。私も頭を打ったけど、部長もどこかで頭を打っていない?

「熱でもあるんですか、部長」

「……君は普段は言わないだけで、実際はかなり言うようだ」

軽く睨まれて、これ以上、迂闊《うかつ》なことは言わない方がよさそうだと判断する。

こそっと溜め息をついて黙り込んだら、しばらくして出前のお兄さんが現れた。

それを出迎えて、皆が取りに来ているのを眺めていたら、自分の分を頼み忘れていたことに気がついた。

一生懸命になっていたからって情けない。今からコンビニに行って、なにか買ってこよう。そう思ってコートに手をかけたら、デスクの部長に呼ばれた。

「予想していた通りですねー」

なんのことかわからずに無言で見ていたら、ずいっと炒飯《チャーハン》の皿を差し出される。

「それは……私が頼んだものではありません」

炒飯と、野菜ネギラーメンを注文したのは部長じゃないか。

「僕は大食漢ではない。君の分です」

部長はそう言って、また皿を突きつけてくる。

「腕が疲れます。早く受け取ってください」

慌てて受け取ると、プラスチックのレンゲも渡された。

「あの……」

「頑張りは正当に評価してますよ」

無表情で言われても、なんだか素直に受け取っていいものか迷う。こういうとき、今までの男の子はなにかしらイタズラしてきたから……。

かかっていたラップをそっと取ってにおいを嗅いでみると、香ばしい胡麻《ごま》油のにおいがするだけで、どこから見ても美味しそうな炒飯にしか見えない。

これは出前を頼んだお礼ってこと?

おそるおそる部長の様子を窺うと、かわいそうなものを眺めるかのように見つめられていた。

「炒飯ひとつに警戒しなくてもいいと思います。僕はそれくらいならおごりますよ?」

裏があるとは思わなかったけど、なにかあると思ったのは確かだから、椅子に座って頭を下げた。

「ありがたくいただきます」

「ちなみに、おごったことを盾に仕事も押しつけないですから」

部長はまだ気にしている。ちょっとだけ微笑ましい感じ?

「私が勝手にいろいろ考えていただけで、部長には関係のない個人的なことですから。気になさらずに……」

「ふーん?」

ふーん？

キョトンとしていると、部長はパチンと割り箸を割り、ラーメンを食べ始めた。

『ふーん？』って、なんでしょうね。いろいろと含まれた気がしないでもない。

とにかくありがたく炒飯をいただいて、皆が食べ終わった食器を重ねている頃には、部長は仕事を始めていた。

淡々と冷静な部長は見慣れているのになぁ。ときどきどこか砕けた調子の部長が飛び出してくるけど、それに慣れない。

よくよく話せば部長って、ざっくりとした感じの人なの？

でも、芳賀さんも驚いていたから、どっちが部長の普通なのか……。

まぁ、いいか。考えてもわかるわけないし、別に理解しなくてもいいよね。仕事での付き合いなんてそんなものでしょう。親密なようで希薄だ。第一、私は男性が苦手で、その苦手意識を克服しようとしているわけじゃないもん。

食べ終わってから、黙々と仕事をしているうちに芳賀さんたちも帰ってきた。話しかけられるでもなく、いつも通りの日常に戻っていく。

一日のほとんどを黙って過ごすのが私の毎日で、それが普通なんだし、やっと落ち着いてきた感じ。

終業時間になってタイムカードをスキャンするとエラーが出て、出勤時に忘れていたことに気がついた。今朝は本当にバタバタしていたからなぁ。

「部長、始業時間にタイムカードをスキャンし忘れていました」

上原部長が顔を上げ、ひょいっと片方の眉を上げた。

「時間修正の書類、野間さんからもらってきてください」

そしておとなしく野間さんに「松浦さんが打刻漏れって珍しいわね」なんて言われながら、時間修正の書類をもらってデスクに戻る。

初めてのことで書き方がわからない。眉を寄せて書類を眺めていたら、後ろから手が伸びてきて、飛び上がった。

「ああ、すみません。ここに始業時間を記入してください」

見上げると、上原部長がすぐ後ろに立っていて冷静な表情をしている。それから書類に視線を戻すと、記入する場所をトントンと示してくれていた。

「あ、ありがとうございます」

すぐ後ろに気配を感じて、ギクシャクしながら書類に記入すると、部長は直接、確認印を押してから離れていった。

「野間さんに提出で問題ないです」

「か、かしこまりました」

今さらドキドキしてきた。部長も、あんな真後ろに立たなくてもいいと思う。

そう考えながら立ち上がると、書類を野間さんに持っていって、それから帰り支度を整えて「お疲れさまです」と挨拶をする。

事務所のドアを開け、すでに人の少ない廊下に出てから、ぼんやりとドアを閉めた。

今日は一日、本当に会話の多い日だった。いろんな人の興味が降って湧いたよう。

でも、ある程度はわかっているんだ。私だって、誰かが入院して退院してきたら興味が湧くと思うもの。

大きな溜め息をつき、歩きだしてからふっと立ち止まる。

人のいない階段から帰ろうかと、エレベーターホールとは反対側に踵《きびす》を返したところで、肩をポンと叩かれた。

「松浦さん、お疲れさま」

驚いて振り返ると、高井さんが立っていて目を丸くする。

「……お疲れさまです」

「仕事終わったんでしょう? 俺、車だから送るよ」

送るよ、とか軽く言われても困ります。

「い……いいです」

男性が苦手なのに、ほとんど話したこともない人と一緒に帰るのは気詰まりです。

「遠慮はしなくていいよ。まだ病み上がりだし、ちゃんと送るからさ」

元気いっぱいの笑顔で言われても。

送るとか送らないとか、それはどうでもいい……いや、よくはないけど。その前に、
狭い空間で一対一なんて嫌なんです!

「困ります!」

「どうして? 帰りは電車かバスでしょう?」

確かに帰りは電車ですが、それ以前の問題なんです。

「お心遣いはありがとうございます。でも結構です。私……苦手なので」

じりじり下がると、ガチャリと背後で音がして、部長が顔を出した。

「松浦さん。取り込み中に悪いですが、そういうのは表に行ってからやってください。

会話が筒抜け——」

「助けてください!」

部長の驚いた顔と、高井さんのギョッとした顔。

パタパタと事務所に戻ると、野間さんのデスクの近くに行ってしゃがみ込んだ。

部長は絶望的な顔をして私の姿を振り返り、ドアの外を見る。

「……とりあえず、高井君。今日は帰ってください」

なにかやり取りしているけど無視していたら、野間さんに困った顔で見下ろされた。

パタンとドアが閉まる音がして、部長がツカツカと近づいてくる。

「お前はどういう女だ」

急激に〝絶対零度〟に変わった雰囲気の怖さに、野間さんにしがみついた。

「上原部長。かなり地が出てる、地が」

「野間は黙って。今のはいくらなんでもひどいだろ。社会人としてどうだよ、お前」

どうって言われても。どう言えばいいの？

「もう、今日はいろんなことがあり過ぎて、なにがなんだか……」

たくさん人としゃべった記憶しかない。ギュッと野間さんのスカートを掴むと、クスクス笑われた。

「上原部長も気づかなかったんですよねぇ。松浦さんが自分から話しかける人って、ごく少数の女性社員に限られているんですが」

「男を毛嫌いしているようにも見えなかったぞ。俺とは普通に話しているじゃないか」

「そうですねぇ。今日はたくさんしゃべってましたね、上原部長も」

上原部長は無言になって、視線を合わせるように私の目の前にしゃがんだ。

パラッと私の前髪を勝手に分けて、じっと見つめてくるから、慌てて前髪を下ろす。

「……そうか。お前はあまり知らない高井に怯《おび》えたのか」

お、怯えたわけじゃないです。ただ男性が苦手なだけで。

「だ～から言ったじゃないですか、病み上がりだって。普段の松浦さんでもいっぱいいっぱいなのに、あんなのはキャパオーバーでしょう。男の人はこれだから鈍感って言われるんです」

野間さぁん。なんていい人なんだ。

「……だけどなー、それじゃ社会人としてはダメだろ」

部長は溜め息をついて立ち上がると、仕方ないとでも言うように手を差し伸べてきて、私はその手を見ながら思わず唇を噛《か》みしめる。

ダメなことなのはわかっている。だから普段は男性に関わらないようにしつつ、支障をきたさない程度に会話もするじゃない。

「男の人は、すぐいじめるし……」

見上げていた部長の顔がピシリと、ヒビが入ったように引きつった。

「俺も男なんだがな。いい度胸だ、松浦。俺が面談ついでに送ってやる」

「え。嫌です。野間さん、助け――」

「今のは無理～」

野間さんに楽しそうにヒラヒラと手を振られ、上原部長に腕をぐいっと持ち上げられて立たせられる。

「わ、私、上原部長がいじめるとは言っていません！」

慌てて言い募ると、部長が今度はとても涼しい顔をして頷く。

「俺にも変な趣味はないから安心しろ。ただ、教育はしてやる」

教育って、なにを？

腕を掴まれたまま、ズルズルと引きずられて部長の席まで来ると、彼はコートを取りながら後ろの野間さんを振り返った。

「先に上がる」

「頑張ってくださ～い」

嫌ですー‼

抵抗虚《むな》しく連れ出され、目を白黒させる。

これってパワハラなの？　セクハラなの？

考えていたら、社員出入口を出たところでジロッと見下ろされた。

「怪我人を引きずるのは気が引けるから、担《かつ》いでやろうか？」

それって、歩かないなら担ぐぞっていう脅しですか？

「歩きます！　歩きますから、放してください」

ずっと腕を掴まれているのも、連行されているみたいで嫌だよー！

「いや、やめておく。お前は逃げ出しそうだ」

「逃げません、約束しますから」

「口約束は信じないことにしてる」

「どういうことですか、それ！　人を信じない人は誰にも信じてもらえませんよ！」

部長はじっと私を見て、なにを思ったのか、腕を掴んでいた手をスルスルと下ろしていった。辿《たど》った指先が熱く感じる。

それから手を繋いでスタスタと歩き始めたから、私は諦めてついていく。

もう辺りはすっかり夜だ。風も冷たいし、どんどん冬に近づいている……と、意味もなく現実逃避をしながら黒い車の前まで来ると、部長は鍵を取り出してキーロックボタンを押した。一瞬ハザードランプがついて、ロックが外された音が微かに響く。

まぁ、うん。部長は知らない人じゃないし、たぶん車内にふたりきりになっても大丈夫……だと思う。

「早く乗れ。まさか、俺に開けろとか言ってんのか？」

揶揄《やゆ》するような言葉に、小刻みに首を左右に振った。ゆっくりと助手席のドアを開くと、おとなしく乗る。

……部長がこんなに強引だとは、全く知らなかったです。

半泣きになりながらシートベルトをつけ、部長はそれを確認してから、運転席に乗り込んできた。

エンジン音に紛れて小さな吐息も聞こえる。自宅の住所を聞かれて答えると、車がゆっくりと動きだした。

「ところで、お前は男に怖い思いでもさせられたのか？」

「え……？」

唐突な話にびっくりして部長を見ると、いつも通り無表情の綺麗な横顔が見えた。

「怖い、と言いますか」

嫌な思い出しかないなぁ。毎日のように言われる『デブ』『ブス』『不細工』はまだいい方。たまに言われた『風船』『ブタ』『化け物』は人格否定だったと思う。しまいには学級会の議題になって、人前に晒されたことは昔の話だよね。

「過去に付き合った男になにかされたのか？　男相手にする話でもないだろうが、そこをわかってないと教育もへったくれもねぇからな」

ブツブツ言われた言葉は乱暴だけど、さっきまでの粗悪な声音とは違って、どこか落ち着いている。

この年齢だと、『男になにかされた』はいろんな意味にもなると思うな。以前付き合った彼とは〝なにもなかった〟わけじゃない。それは同意の上での大人の話だし、言わなくてもいいはず。

「なんにもないです」

「なにもなくてあの反応なら、ちょっとどうなんだよ。男子はすぐいじめるんだろ？　要するにトラウマか？」

トラウマですかね。

「私だって、デブとかブスとか言われたら傷つくんです……」

ボソボソと答えて、視線だけで窓の外を見る。その瞬間にムニッと頬をつねられた。

「……あ、あにょ？」

車はいつの間にか路肩に停まっていて、部長は驚いて見つめ返す私にお構いなく、真面目な顔をしながら私の頬をふにふにつまんで……。

「にゃにふるんれすきゃ！」

私は叫んでから、部長の手を払いのける。

「そのフレーズは太ってる女に言う言葉か、思春期に好みの女に男が言う言葉だろ。お前、太ってるか？」

「昔は太っていたんですっ！」

もう！　どうして古傷を抉《えぐ》るようなことを言わせるんだ、この人！

「さすがにもう言われないだろ。誰かに言われたのか？」

言われなかったけど、付き合って、抱かれた男の人にはお腹をふにふにされた。それが嫌で嫌でたまらなかった。

考えていたら、突然視界が開ける。部長がまた勝手に人の前髪を持ち上げていた。

「美女ってわけじゃないが、笑ったら愛嬌《あいきょう》があって可愛い部類だと思うけどな？」

暗がりの中、目が合ってムッとする。大人の男の人がお世辞を言うのは常識的過ぎて、私でもわかる。

そうしていたら、部長は揶揄するように笑った。

「お前は自分自身に丸っきり自信がないやつだったか。仕事だけの付き合いじゃ、わからないわけだ」

「私と部長とは仕事だけの付き合いですから、それでいいと思います」

「いいや、よくない。とりあえずお前、今週の土曜日は暇だろ」

軽く言われて、顔をしかめる。

今、暇だって決めつけられた。ちょっと失礼だと思う。

「いえ。土曜日は忙しいです」

実は暇だけど、別に言わなくっていいよね？

「そうか」

あっさり頷かれて、眉を寄せた。

今の会話になんの意味があるんでしょう。

部長が手をよけてくれたから前髪をパパッと直すと、今度は顔ごと窓の外を向く。

また車が動きだして、景色が流れていった。ラジオをつけるでもなく、無言になった車内。微かなエンジン音と、タイヤがアスファルトを噛む音が聞こえる。

この車、とても静かだ。そのことに気がついたのは、私の住むマンションが見えてきたときだった。

「あそこのマンションの前で停めてください」

そう言うと、部長は無言で眉を上げ、マンションの前で車を停めてくれた。シートベルトを外し、ドアを開きかけて部長を振り返る。

「今日は……ありがとうございます」

「ああ、それは別にいい。松浦、今週の土曜日、十時に迎えに来る。それなりの格好をして待っていろ」

はい？　それなりの格好、とかおっしゃいましたか？

「いったいなんの話ですか？」

「デートだ、松浦。しっかりデートらしい服装で来い」

「私、土曜日は忙しいと申し上げましたよね？」

部長は晴れやかな笑顔で身を乗り出すと、ドアを開けようとしていた私の手を掴む。

「いい大人同士、今からドライブデートでもいいか」

「いきなりなんですか？　部長がデートとか言い始めるなんて……」

「教育的指導？」

それはずいぶん堅いイメージのフレーズに聞こえます。

ちょっぴり呆気に取られて、それから心の中で大慌てする。

そ、そそそんな意味不明な〝教育的指導〟はいらない！　男の人は苦手でいいし、仕事場の上司が手がけるような指導の範疇《はんちゅう》を越えていると思いますから！

「心構えに一週間近くやるって言ってるんだけどな。どっちがいい？」

どっちも嫌ですが、それを言ったら拉致られそう。実は部長が強引って、今日一日でよくわかった気がするもん。

「ど、土曜日で」

「了解。じゃ、よく眠るように。寝不足は美容に悪いって聞くしな」

さっと掴んでいた手を放すと、部長はいつの間にか外していたらしいシートベルトを締め直す。私はそれを横目で見ながらドアを開けると、転がるように車を飛び出して、すぐに力いっぱいドアを閉めた。

離れてしまうと車内の様子は暗くて、部長がどんな顔をしていたのかまではわからなかった。だけど、走ってマンションのエントランスホールに辿り着くと、無駄にエレベーターのボタンを連打する。

とにかく、その場を逃げきることしか頭になかった。

そして、何事もなく過ぎ去った一週間。週末の土曜日。

フローリングの床に正座をして、テーブルに置いたスマホを眺めている人は少ないと思う。でも、今の私がまさにその感じだ。

上原部長は私の連絡先を知っているよね。私だって、部長の連絡先はわかるもん。ああ、スマホに着信相手として表示された【上原部長】の文字に恐怖しか感じない。出ないで月曜日を迎えるのも、それはそれで怖いし。

部長が言った言葉を思い出しながら頭を抱える。

お出かけするって誘われたんだよね。デート……って、なに？

だって月曜日の朝イチで高井さんに『退院後の怪我人を、すぐに食事に誘うのは感心しない』って言っていたのはあなたでしょう？　それなのに病み上がりの人間を一週間おいて〝デート〟に誘うのは感心できることなの？

言っていることが無茶苦茶で、どう対応すればいいのか……考えているうちにスマホの振動が止まった。

諦めた？　そう考えたのは一瞬で、またすぐにスマホの振動が始まる。

わかりましたよ。出ますよ。

溜め息をつくと、スマホを手に取った。

「もしもし……」

『起きていたか？』

聞こえてきたのは、いつも以上に淡々とした部長の声。

休日も普段と変わりなく起きます。それが私の生活サイクルですもん。

「はい。今日のデー……おでかけ、中止にしていただくわけにはまいりませんか？」

勇気を出して言ってみると、返ってきたのは沈黙だった。

「あの？　部長？」

『別にお前を取って食わないぞ。さすがに俺もそこまで野獣じゃない』

いや。私だって取って食われると思ったわけじゃないよ。ただ、仕事でもないのにわざわざ男の人と出歩くのも気が進まない。

『どうした？　体調が悪いか？』

心配そうな部長の気配にハッと気がついた。なんで思いつかなかったんだろう。

「はい。少し頭痛が……」

『迎えに行く。部屋番号を教えろ』

いきなり慌てたような部長の声に、目を丸くする。

『マンションの下にいるから、車で病院に送る。部屋まで迎えに行くから、お前は落ち着いて用意をしろ』

ぎゃ〜！　違う方向に話が向かった！　部長こそ落ち着いてくださいよ！

でも、そうなるよね。一週間前とはいえ、頭をぶつけて入院したばかりだし、普通は『そっか、ちゃんと休めよ』となるはずがないよね。『大丈夫か』ってなるよね！

部長、面倒見がよ過ぎだと思いますから！

「ごめんなさい。嘘です。元気です。今、下りていきます」

『……そうか。じゃあ下で待っているから』

そうなったら時間はかけられない。お待たせしてしまうのは言語道断でしょ。

半ばパニックになりながら、スマホを置いてパタパタと動き始めた。

「さすがにジャージはダメだよね。でも、デート服みたいなお洒落な服は持っていないし。黒しかない。あ、でも本気のデートじゃないんだし、いいか」

ブツブツ独りごとを言いながら、『可愛く見せる必要はないよね。付き合っているわけじゃないもん。教育的指導をするって言われているだけだし』と、自分をとにかく納得させる。

まだ微かに残っている青あざをメイクで隠して、黒いワンピースに、最低限のアクセサリーとして白い二連のパールネックレスをつける。それから黒いコートを着て、黒のショートブーツを合わせた。

まるでお葬式だけど、今さら仕方がない。開き直ってやる。私が甘い格好したって似合わないんだからね！

挑むようにマンションの下に下りると、見覚えのある黒い車が停まっていた。

「お待たせしました」

勝手にドアを開けて助手席に乗り込むと、なぜか運転席の部長はハンドルに突っ伏していた。

肩を震わせて……笑っている？

「どうかしましたか？」

「いや。お前が黒い服しか持ってないのは知ってるが、ジャージも黒なのか？」

黒のジャージですけど、なに？

「ちなみに松浦、今日は本気デートだ。お前はどうか知らんが、俺はそのつもりだからな？」

楽しそうに微笑んでいる部長を眺めつつ、言葉の意味を考える。

私が家ではジャージって、誰かに言ったかなぁ。しかも、今日のこれはデートって部長は思っていると？

「お前ねぇ、ちゃんと切断したのか確認した方がいいぞ？」

手にしたスマホを見せてくれるから、覗き込む。

通話相手は私、【松浦可南子】の表示。そして通話時間が……動いている？

い、いやぁぁああ～！　なに、それじゃ私の独りごとを全部聞かれていたわけー！

慌ててバッグから自分のスマホを取り出して、まだ通話中であることを確認してから、【切断】をタップする。

「今さらだな。とりあえずシートベルトしろ」

「あ、はい。すみません」

カチャリとシートベルトをつけた後で、車が発進した。

ところで、軽くスルーしたけどなにか忘れていない？　私はなにを聞き流した？

「んじゃ、定番だけど、おとなしく水族館デートにしよう」

どこかのんきな部長の声を聞きながら、まじまじと彼を見る。

そうそう、部長が『本気デート』って言ったことだ。

ダークグレーの厚手のカーディガンの中は白いシャツ。ジーンズがカジュアルさを醸し出していて、靴はピカピカの革靴。大人なメンズファッションだけど、特にお洒落というわけじゃない、と思う。でも本気デートのつもりなの？

「部長、急にどうしたんですか」

「どうもしないけど。お前がこんな面白い女だとは思ってもみなかったな〜」

気の抜けるような声音にちょっと呆れる。

「上原部長って、普段のイメージとのギャップが激しくないですか？」

「そりゃお前、仕事中にヘラヘラしてられるかよ」

経理部長がヘラヘラ仕事していたら問題だよね。

私たち事務の人間は、『たまにイベントの手伝いに来ても、とんでもないマニュアル対応しかできない人が多くて、融通の利かないお堅い印象』だって芽依に聞いたことがある。

事務所では結構きわどい冗談を飛ばす野間さんも、普段のイメージ的には厳しいお姉様扱い。『怖い』とか言うのは決まって、納期を守らない人たちだけど。

そう思って、部長がヘラヘラしている姿を想像してみて吹き出した。事務所にヘラヘラは絶対に似合わない。

笑いながら部長を眺めていたら、赤信号で車が停まって、一瞬視線が交わった。

「いつもそうしていればいいのに。慌ててメイクしたのか？」

なにを言われているのかわからなくてキョトンとすると、部長がツンツンと自らの前髪を指差すからハッとした。

ピン留めで全開になっているおでこに気がつき、慌てて外そうとしてピンが引っかかる。

「痛……っ！」

「慌てるからだろ。馬鹿だな、お前は」

涙目になりながら取り外したピンをバッグにしまうと、部長は車を発進させてから小さく笑った。

「そこまでして、執拗《しつよう》に顔を隠さなくてもいいじゃないか」

その言葉には、きっぱりと首を横に振る。

「嫌です。私の顔を見て皆が戸惑ってるの、知ってますもん」

「お前は緊張のし過ぎだろうが。緊張感は人に伝染しやすい。人を窺うような上目遣いとか、猫背とかがなくなってニコニコしてりゃ、可愛い部類だって言っただろ」

「大人の男の人はお世辞がうまいから」

「大人の男はもっと巧妙だぞ。騙《だま》されないように気をつけろな？」

聞き捨てならない言葉をサラッと言われた気がするけど、意識しないようにする。

どうせ私には関係ない話でしょ。そんな雰囲気にならないようにすれば騙されようもないんだし。私だって女子の端くれ、それなりの回避はする。そういう経験は少なくても知ってるもん。

友達からもいろんな話を聞いて……好きな人がいる子を羨ましくなるときもあった。でも、私の場合は好きになる前に〝私なんか〟と思っちゃう。それがいつも悪循環になっているのも気づいている。

「松浦は、彼氏いらないわけ？」

ポツリと出された言葉に、顔を上げて眉をひそめた。

「思うんですけど、部長も私には彼氏がいないって思ってますよね？」

「話してたらわかるだろ。特定の誰かがいて、俺に対して引いてるような感じじゃないし、そもそもお前がはなっから〝男は意地悪するもの〟って考えてるなら、付き合いようがないじゃないか。まぁ、彼氏がいたところで俺は気にしない」

部長はそう言って、いつの間に取り出したのか、ガムを口に入れると、真正面を見ながらもガムの容器を私に突き出してきた。

「あ、いえ。私は……」

ガムを断りながら、言葉の違和感に首を傾げる。

「部長は、私に彼氏がいても気にしないんですか？」

頭の中で、めくるめく昼ドラのドロドロが展開されようとした瞬間に、部長の唇が笑みの形に変わった。

「男は意地悪するものって頭から思ってるやつは、彼氏にも意地悪されてるんだろ？

あの狼狽《ろうばい》ぶりからして、男がいたとしても、お前は相手のことを、いわゆる好きな相手としては認識してないってわかるじゃないか」

すんなりとは思考に浸透しない言葉だけど、言われたことを考えてみる。

私の〝好きな相手〟ね。昔、紹介されて付き合った彼は、好きだったと思う。だから求められたときに応じたわけだし。その後がひどかったけど……。

「危うい均衡で保っているような付き合いなら、ぶち壊せばいいじゃねぇか」

あっけらかんとした部長の言葉に、また自然と考え込んでいたのに気がついた。

でも、ぶち壊す？　それって普通、仲を引き裂く以外の何物でもないよね。

「部長って、どういう人ですか」

「俺様、って言われてんのは聞いたことある。野間なら、ただのガキ大将って言うだろうな」

　俺様もガキ大将も、いじめっ子の代表格クラスの代名詞なんだけど！

　身を引いたら、目が合った気がした。

「そうかそうか。お前のトラウマは結構昔だな？　ガキ大将に意地悪されたか」

「トラウマを連呼しないでください。だいたいなんで、部長にプライベートなことを教育されないといけないんです」

「まぁ、教育とか指導ってのは口からデマカセ。だからお前は気をつけろって言ってるんだよ」

　デマカセ……って、そうなの？　それはどうなの？

「俺は本気のデートって言ったよな。本気って言われてんだから、普通は口説かれてるってわかるだろ」

　ゆったりと優しく笑いながらどこか堂々と言い放つ部長を眺める。

「わかりません。私は人に好かれる要素は、なにひとつありませ――」

　カチャンと音がして部長がシートベルトを外し、笑みを消した無表情で私に向き直った。

「着いたぞ。降りろ」

私のシートベルトを外すと、自分はさっさと車を降りていく。

さっきは優しく笑って、今度は冷静な無表情。コロコロと変わる態度に戸惑ってしまうんですが。どうすればいいんだろう。

溜め息をついていたら、助手席のドアがいきなり開いた。

「行くぞ、ほら」

差し出された手を見つけて、部長を見上げる。

この手を取れ、とでも言うつもりでしょうか。

迷っていたら手を掴まれて、引っ張り出されるように車から降りた。こういうことは慣れないから、めちゃめちゃ恥ずかしい。

「ああ。これはわかりやすいな」

低く笑いを含んだ声に顔を上げると、ドキリとするくらいに大人の色香を纏う部長が見下ろしていて。なんのことを言われているかさっぱりだけど、とりあえず話題を変えた方がよさそうな気がした。

「ぶ、部長。身長何センチですか」

彼の眉が上がって、今度はからかうような雰囲気に変化する。

「確か、今年の健康診断で百八十五だった。松浦は?」

「わ、私は百五十八です」

「普段は靴のヒールが高いのか。月曜から縮んでてビビった」

チビだって言いたいんですか？

ムッとしたら、部長が笑いながら空いている手でサッと私の前髪を分けて、耳にかけるから慌てた。だけど私の動揺なんかスルーして歩きだす。

「今日は前髪を上げてろ。まわりを見るのも今日の課題だ。お前は過保護な友達に守られて少し世間知らずのようだから、社会勉強と思え」

それには反論できない。芽依の陰に隠れて生きてきたのは間違いないから。

部長を見上げながら隣を歩く。黙っていると、困ったような視線が下りてきた。

「わからないわけじゃないんだがな。とりあえず、『部長』ってのはやめようか」

え。でも、部長は部長でしょう？

「今日くらい、名前でっていうのは無理にしても、名字では言えるだろ」

名前を知りません、とは言えない雰囲気。

しかも、役職名抜きで呼ぶのはなかなかハードルが高いと思う。でも、そうしないと部長は引いてくれそうもない。

「上原、さん？」

「そうそう。ちょっとはデートらしくなっただろ?」

カラッとそう言われて連れていかれたのは、宣言通りに水族館だった。

水族館は子供の頃以来。静かで、薄暗くて、どこか青い空間をゆっくりとふたりで歩く。まわりを見るとほとんど子供連れか、若いカップルかのどちらかだ。

すれ違う女の子の多くは、チラチラ部長を振り返る。それから彼女たちの視線は、私と繋がれた手に向かった。私と部長もカップルに見えているんだろうか。

部長はイケメンだもんね。薄暗い中でもイケメンオーラが眩《まぶ》しいのかもしれない。

私は思わず前髪に手をかけようとして……。

「こら。大丈夫だって。不安そうな顔をするな」

苦笑交じりに言われた瞬間、ドスッとお尻に衝撃が飛び込んでくる。

「きゃ……っ」

前のめりに倒れそうになって、視界の端に見えたのは、慌てたような部長の表情。

また倒れる!と思って目をつぶったら、思っていたような衝撃は訪れず、温かいなにかにボフッと包まれた。

おそるおそる目を開けると、間近に部長の驚いた顔。

「ぎゃあ!」

突き飛ばそうとして、逆にガッシリと両手で抱きしめられる。

「待った待った。お前にしがみついてるやつがいるから」

部長に抱き止められながら振り向くと、小さな男の子が私の腰にしがみついていた。

「す、すみません！」

母親らしい人が飛んできて、私から子供を引き剥がして頭を下げるから、私は首をプルプルと大慌てで横に振る。

大丈夫です。びっくりしただけですから！

「ほら。あんたも謝りなさい！」

男の子はペシッとお母さんに叩かれて、頭を押さえながら謝ってきた。

何度もお辞儀して親子が去っていくと、ホッとして……。

「ぎゃあ！はひどいよなー」

その言葉に、部長に抱きついたままだったのに気がついて、またまた慌ててその腕から飛び出した。

「惜しい。気がつかなきゃいいのに」

「気がつきますよ！　でも、ありがとうございます」

部長は笑いながらも頷いてくれて、また私の手を取った。

「ほら。行くぞ？」

手を放してくださいと言っても、無駄だろうな。

諦めて歩きだすと、部長を無視して水槽の中を眺める。

ゆったりと時間が流れる水族館は嫌いじゃない。運動は苦手だからアクティブな遊びは好きじゃないし、賑《にぎ》やか過ぎる場所も、見ている分には楽しくても渦中にいたいとは思わない。だからといって、絵画を眺めて歩くような高尚な趣味もない。

私の趣味ってなんだろう。そう考えて、熱帯魚のコーナーで足を止めた。

燃えるような赤や目の覚めるような青。中には黄色と黒の縞《しま》模様や、光に反射して虹色に輝くような魚もいる。のびのび泳ぐ姿はとても嬉《うれ》しそうに見えた。

「キラキラしてて、いいねぇ、お前たち」

童話の中のお姫様も綺麗だ。王子様は決まって可愛らしいお姫様を選ぶよね。純真無垢《むく》で、とても優しいお姫様。

お姫様に憧れていたのは何歳までだったかな。そして、自分はお姫様にはなれないんだと気づいたのは。

考えていたら髪が引っ張られた気がして、視線を動かすと、部長が人の髪をクルクルと指に巻きつけ始めていた。

こ、この人は、どうしてこう突然なにかを始めるの？

「ぶ、部長？」

「次、部長って呼んだらお仕置きだな〜」

楽しくイタズラを考えているような部長の表情に、思わず引いた。

なにをするつもりなのかと警戒していると、彼は小さく笑って髪を放してくれる。

「あっちにトンネルがあるらしいぞ」

「トンネル？」

不思議そうにする私は手を引かれながら歩き続け、そして目の前に見えたのは、まさに水槽のトンネルだった。

ガラス張りのトンネルから見える水面。巨大な空間に大小さまざまな魚がいる。

ゆらゆらと魚たちが楽しそうに泳いでいるから、思わずポカンと天井を眺めていたら、その視界に部長のイタズラっぽい笑顔が入り込んできた。

「口開け過ぎだぞ？」

パクンと口を閉じて、真面目な顔を部長に返す。

なんとなく気恥ずかしくて前髪に手をやろうとすると、その前に部長が私の手を捕まえて、今度はからかうように笑う。

まれた。


「ダメだって言ってるだろ」

「わ、わかりました。わかりましたから、手を放してください」

髪を直そうとした手はあっさりと放してくれたけれど、繋いだ手はかえって握り込まれた。

トンネルをゆっくり歩きながら、ときどき面白そうに水槽を見上げる部長を眺める。

なんとなく、ガキ大将と言われるのは納得。こっちの意思も関係なく、ちょっと偉そうにやりたいようにするのは、ガキ大将そのものだ。それでも大人だから、言語道断に無理やりっていうわけじゃなくて、やんわりと人を従わせる。


「俺とのデートも、平気だろ？」

ゆっくりとトンネルを抜けると、そこは水族館の出入口。スタッフの「ありがとうございました」に、夢から覚めたような現実感。

隣を見上げると、部長はどこか得意そうにしている。なんだか納得できない。


「私が全く男性がダメな人間だったら、部長はどうするつもりでしたか？」

その可能性だってないわけじゃないでしょ。自分でも、この間はものすごい拒否反応を示していたと思うもの。

それでも部長は気にした様子もなく、次々と強引に話を進めていたけどね。

今だって、至って普通のことだと言わんばかりに、ただ私を見下ろしている。

口では『本気のデート』と言いつつも、まさか本気なわけがないから、どうでもいいって思っていそうな気もするけど。

「それは心配しなかったな。松浦から話しかけられることはないが、こっちから話しかけたら返事は返ってくるとわかっていたから」

「そうですか?」

「そうだろう? 実際にこの間、お前が助けを求めたのは俺だから。それなら俺は大丈夫だと踏んだ」

その納得の仕方はどうかと思う。でも、高井さんより上原部長の方が慣れているのも確かだよね。同じ男性なら、私はきっと慣れた人と話す方を選ぶ。それに、部長は私を見ても嫌な顔をしてこない。その差は大きいと思う。

「……初対面の人は苦手です」

ボソボソ言ったら、部長は真剣に頷いた。

「かなり激しい人見知りなのはよくわかった。が、普段のお前は、人見知りを発揮してるとは思えないが」

事務所に来る人はうちの会社の固定スタッフがほとんどだから、書類を受け取るくらいの接点しかないもん。それくらいなら対応できる。仕事だから。外部のお客様なら総務の人が動くから、経理の私が手伝いをお願いされても、お茶を出す程度。それくらいの社会性は身につけていると思うし、思いたい。

「高井は単に、詫びのつもりで言い寄ってきたんだろ？　それなら社交辞令のうちだし、あまり騒ぐと、あいつもお前も大変だろ？」

まぁ、見つかった人によっては倫理問題に発展しちゃうよね。

軽く呟く部長を見上げ、首を傾げる。

「彼氏がいるか聞くのは、男性の社交辞令のうちですか？」

聞いてみたら、部長は途端に難しい顔をした。

「そんなこと言われていたか？」

実は言われていたんです。

私は重々しく頷くと、眉間にしわを寄せる。

「朝のうちに聞かれてまして。だから、余計に嫌で……」

「判断が難しいなぁ。ただ、家まで送ろうと思って、お前に彼氏がいるならその彼氏に悪いからって聞いてきてんのか、そもそも詫びだけのつもりじゃないのか」

お互いに顔を見合わせて無言になった。

こうしてみると、部長って意外と話しやすい。いつものごとく敬語で話をされていたら、実は話しづらいんだよね。考えてみれば、お父さんの他に私が顔を見せながら普通に会話ができていたのって、ハロウィンのときの死神さんと部長くらい。ハロウィンのときは特殊な例だったのはわかっているけど。

死神さんは、どこの部署の人だったんだろう。土曜日は事務所は休みだから、たぶんイベンターさんの誰かだとは思う。

「ぶ……」

部長は、と言いかけて、彼の片眉が上がったのを見つけると、慌てて言い直す。

「う、上原さんは、お兄ちゃんみたいです」

「それは嬉しくない。お前は人をすぐ自分の身内にしたがるな」

呆れたように笑われて、返事に迷う。

「だって、緊張しないでお話しできる男性って、本当に少ないですから」

「いいのか悪いのかわからんが、とりあえずお前は笑顔でいればいいと思うぞ」

なんのてらいもなく優しく言われるのが、ちょっとくすぐったい。

「笑顔ですか？」

楽しくもないのに笑えないなぁ。でも、部長の言っていることもわかる。私も真顔の部長より、明るい上原さんの方が話しやすい。

「混みだす前に昼飯にするか。なにか食いたいものある？」

微笑みながら聞いてくるから、建ち並ぶ店を歩きながらも眺めて、首を傾げた。

「特にないです」

「言うと思ったなぁ。ファストフードは却下。レストラン系で選べ」

どこか偉そうに言われて、小さく吹き出す。だから、希望はないんだってば。

仕方なく「パスタとか？」と提案したら、とても嫌な顔をされる。

「女子は好きだな～。洋食系のお洒落な店」

「反対するなら自分で決めてくださいよ！」

唇を尖らせると、クスクスと笑われた。笑うくらいなら代替案を出してほしい！

「じゃあ、ファミレスにしましょう」

「そんなのでいいのか？」

「そんなのでいいですよ。和食も洋食もあるでしょう」

「ここぞとばかりにフレンチとか言わないのな？」

部長のキョトンとした顔に、私も似たような顔を返して瞬きする。それから、白い皿にのっている綺麗なテリーヌを思い浮かべて顔をしかめた。

「テーブルマナーは知りませんもん。きっと緊張して食べた気になりません。それに、そういうお店ってドレスコードがありますよね？」

気楽なフレンチもあるらしいけど、さすがにジーンズにノーネクタイじゃ、お断りされそうな気がする。

「最近はそうでもないがな。そこのファミレスでいいか」

そして、すぐそばに見つけたファミレスに入った。席に着くなりお子様ランチを注文されそうになって、さすがに噛みつく。

「私は年齢の割に子供っぽいことをしているかもしれませんが、ひどいです！」

「いや、ほら。ハンバーグにパスタに海苔《のり》巻きもついてるし、和洋折衷だろ？」

キリッとした様子で部長が言うから、思わず頭を抱えそうになった。

「真面目な顔をして、からかわないでください！」

「ああ、それはすぐに理解したんだ」

お互いに軽口の応酬をしながらも、次第に楽しく会話ははずみ、もちろんお子様ランチは遠慮して、ご飯をおごってもらうとすぐ家に送ってもらった。

なんだか不思議な気分になった一日だった。

「おはようございます」

月曜日。今日はちゃんとロッカーにコートとバッグを置き、事務所に入ってから忘れずにタイムカードをスキャン。通り過ぎようとしていた野間さんに挨拶をする。

前髪は下ろしているけど頑張って笑顔を試みると、目を丸くされた。

「おはよう。なにかいいことでもあった？　でも、笑顔で挨拶はいいことよね。印象が変わって話しかけられやすくなるし」

「笑顔での挨拶は礼儀かと思っただけで、それは狙ってません」

印象をよくして話しかけられても対処に困るし。困ることはお断りしたい。

「そうやっていても、話しかける人は話しかけてくるけどねぇ」

考えるように野間さんが呟くと、事務所のドアが開いて上原部長が入ってきたから、笑顔を作って振り返る。

「おはようございます」

「おはよう、松浦さん。とても不自然です。お笑い番組でも観て勉強してください」

部長は私の笑顔にチラッとだけ一瞥《いちべつ》をくれてから、自分の席に向かう。

朝の挨拶に、そんなに笑いが必要とは思わなかった。

「私は松浦さんの努力を認めるよ。ま、頑張りなさい」

野間さんにポンポン肩を叩かれ、困った顔を返して苦笑する。

そうしている間にも芳賀さんや他の経理部の人たちも出社して、その都度ニッコリ挨拶をし続けて……。


お昼が回る頃には、ぐったりと疲れ果てていた。無理って続かない。

「松浦ちゃん。いきなり無理してなーい?」

「無理していません。大丈夫です」

今日はコンビニパンの芳賀さんを横目に見ながらお弁当を広げていたら、いきなり背後から頭をわしゃわしゃとかき混ぜられる。

「……なっ⁉」

バッと振り向くと、なにを考えているのかわからない無表情で、部長が人の頭をグリグリ撫《な》でていて、ポカンとした。

「瘤も、もうないようですね。よかった」

いや、この現状は、全くよくないですけど。

唖然とする芳賀さんと私を見下ろし、部長は本当になにを思ったのか、人の弁当箱から唐揚げを盗んで口に入れてしまう。

「冷凍食品っぽくない」

「冷凍食品じゃありません！　それよりも問題は、どうして断りもなく人のオカズを食べちゃうんですか」

「腹が減ったからでしょうか？」

お腹が空いたら食べたくなるよね。でも根本的になにかが違う。どうしろっていうつもりだろう。

唖然としたままの芳賀さんと、部長を交互に見ていたら、遥か後方で野間さんが大爆笑している。

「野間さぁん」

「はいはい、野間さんですよ。松浦さんは本当、女子にはすぐ甘えるわねー。上原部長、よければ私が出前頼みますよ」

「塩ラーメンをよろしくお願いします」

部長が真面目にそう返して、またデスクに戻っていった。

もう、本当になんなんですか。

「松浦ちゃん、いきなり部長と仲よくなったねー」

芳賀さんがパンの袋をガサゴソ開けながら、仕事を始めだした部長をおそるおそる窺っている。

「どうしてでしょうか？」

「知らないよ。私は松浦ちゃんより先輩ではあるけど、上原部長と仲よく話す間柄でもないし。部長と同期の野間さんに聞けばいいんじゃないの？」

「野間さんと同期なんですか？　それは知らなかったです」

そう言われれば、部長と野間さんは仲がよさそう。

気を取り直してお弁当を食べ終えると、空になったお弁当箱をロッカーに戻してきてから、途中の自動販売機でお茶を買う。販売口からペットボトルを取り出したところで、名前を呼ばれた。

「ああ。いたいた、松浦さん」

振り向くと、ペラペラのスタッフジャンパーを着た高井さんが笑顔で近づいてくる。

「忙しくてしばらく社に戻れなくて。その後は調子戻った？」

この間はひどいことをした記憶もあるのに、人懐こい人だなぁ。イベントスタッフさんにはいろんな人がいるけど、根っから明るい人が多いのかも。

「瘤も傷も残りませんでしたし、大丈夫です」

「体調はどう？　あれから」

「体調も特になんともないです。事故なんですから、気になさらなくても問題ありませんよ」

高井さんも身長が高い。部長と似たような高さだから、百八十センチは余裕で超えているよね。

見上げていると、笑われた気がした。

「前髪で顔を隠しちゃってるんだ。可愛いのにもったいないよ」

「……か」

可愛いとか言いましたかっ⁉

「この間はごめんね。万全じゃないだろうに、いきなり誘っちゃって」

ああ、いえいえ、それはもういいです。

「でも一回くらい、ちゃんとお詫びしたいな。今日いきなりは無理だとしても、明日、夕飯はどう？」

「え。いえ。ですから、そういうのは気にしなくてもいいですから」

「すみません、大丈夫です……じゃ、こっちの気が収まらないよ。お願い!」

パンッと拝まれて、一歩引いた。

それで気が済むなら、意固地になって拒否する必要はないけど。

「……私、一緒に食事をして楽しい人じゃないです」

「大丈夫。俺はうるさい人間だから。明日は定時上がり? 事務方は時間きっかりだよね」

変わった人だなー。私が食事相手として楽しくないのと、高井さんがうるさいのが合致して、ご飯が面白くなるわけでもないだろうに。

「明日、社員出入口で待ってるね」

「……はい」

清々《すがすが》しいくらいスッキリした笑顔を見上げながら、まぁいいや、と食事を了承する。

「ありがとう。あ。そうだ。これあげるよ」

手の中になにかを握らされ、それを見つめてパチクリとした。

オレンジとレモンのイラストが描かれたキャンディ。これは見たことがある。

……ではなくて、確実にあるよね。ハロウィンの夜、死神さんにもらったキャンディ。美味しかったから自分でも買おうかと思ったのに、どこを探してもなかった。

「じゃ、俺はこれからまた出なきゃいけないから」

「ま、待ってください」

咄嗟《とっさ》にジャンパーを掴んだら、高井さんは驚いたように見下ろしてくる。

「この飴《あめ》、どこに売っているんですか？」

「飴？　ああ、うちの近所の商店街にあるキャンディショップ。オリジナルだって言ってた。俺はもう持ってないけど、買ってきてあげようか？」

「あ、いえ……」

買ってきてもらうのは申し訳ない。ジャンパーを掴んでいた手を放すと、どこか不思議そうにしながら高井さんは微笑む。

「じゃあ、行くね。明日はよろしくね？」

「あ。はい」

返事をして、歩いていく高井さんの後ろ姿を見送った。

もしかして、彼が死神さん？　確かに死神さんは身長が高かった。だけど、イメージ的にはもう少し高い印象。

声の感じは似ている……ような気も、根本的になにかが違うような感じもした。もらったキャンディだけで判断するのはどうかと思う。でも、オリジナルキャンディだということは、持っている人は限定される。

食事のお誘いに『はい』って返事をしてしまったけど、もし彼が〝死神さん〟なら、変なことにはならないんじゃないかな。

考えながら事務所に戻ると、興奮気味の芳賀さんが出迎えてくれた。

「松浦ちゃん、さっきの人は誰？　自動販売機の前で話してた男の人！」

掴みかからんばかりの勢いの彼女に眉根を下げながら、デスクに戻る。

「高井さんです」

たんこぶの原因の人です、とも言いにくいし、どうしよう。

「松浦ちゃんの彼氏？」

興味津々《しんしん》の芳賀さんの言葉に、ペットボトルを開きかけて——手を止めた。

「どうして突然、高井さんが私の彼氏になるんですか」

「だってぇ。松浦ちゃんが男子とふたりのシチュエーションで仲よく話している姿って、それ以外思い浮かばないもの」

それはそうだよね。でも、頭からそう思われても。

「違いますよ。高井さんには、お詫びにご飯に誘われただけなんです」

「お詫び？　あ、そうかそうか。彼が入院の原因なのか」

曖昧に頷くと芳賀さんは納得して、それからニヤニヤと私の顔を覗き込む。

「彼とふたりでご飯行くの？」

「お約束しました。一度ちゃんとお詫びしないと気が済まない、って言われて」

「きゃあ。それって口実じゃないの？　クリスマス前に女を食事に誘うなんて、松浦ちゃん狙われてる～？」

そんなことあるわけないじゃないですか。誰かを食事に誘うくらいで、狙うとか狙われているとかになるのなら、実際に誘われたことはないけど、同期との飲み会もそうなっちゃう。

「君たち、そろそろ昼休み終わりますよ」

後ろから部長に言われ、芳賀さんは慌ててパソコンに向き直る。私もペットボトルのお茶を飲んでからパソコンのパスワードを打ち込んで、画面を起ち上げた。

午後にこなす書類を分けながら、ぼんやりとこの間の部長とのデートを思い出す。

あのデートで、ちょっと気がついたこともあるんだ。

私が苦手なのは、口に出して意地悪を言う男の人。

子供の頃は男の子の方が意地悪を言う確率が高かったけど、大人になった今、相手に対して失礼な言葉をズバリと言ってくる人はなかなかいないと思う。深い付き合いをするんだったら別だろうけど、きっと〝珍しい〟部類に入るわけで、当たり障りのない付き合いなら私にだってできるはず。

一線を引いてしまえば、踏み込まなければ、深く関わらなければ、傷つかない。そう考えてみたら、普通にできると判明した。

私だって芳賀さんと仲よくさせてもらっているけど、他の人は同じ経理部でも仕事で話すくらいで、プライベートなことはほとんど話さない。

たまにこっちを見て、誰かがボソボソ話しながら笑っているからって、気にしなければいいんだもん。

それにしても、そうやってきた今までを考えてみれば、よく私は男の人と付き合えたなって思える。たまたま知り合った友達から、たまたま紹介されて、なんとなく始まった交際。彼は話してみた感じ、きちんとした人だなって印象を受けた。

いい人だと思った。私を見て嫌な顔もしなかったし、いつも笑顔で優しくて。

何度かデートに行くようになって、初めてキスをして、クリスマスに結ばれた。特に乱暴にされたわけじゃない。終わった後にお腹をプニプニとつままれて、それを嫌だからやめてってお願いして。

だけど、その後に彼がサークルの人に笑いながら言っている言葉に愕然《がくぜん》とした。

『松浦って彼氏もいなくてかわいそうだったから、仕方なく付き合ってやってる』

『本当に付き合うなら、あんなに暗くて、生理的にも受けつけにくい気持ち悪いブスじゃなくて、可愛い子の方がいい』

『いつもいつも気を遣うのも疲れるよ』

とてつもなく毒気のある言葉を、普段通りの優しい笑顔で言っているのを聞いてしまって、足もとから崩れ落ちてしまうんじゃないかと思うくらいショックだった。

なのに、どこか心の片隅で『そうだよね』って納得してしまう私がいて……。

次第に彼を避け始め、全く顔も合わせなくなった頃、一方的なメールで別れを告げられて、彼は別の人と付き合い始めた。

あの頃も多少太ってはいたけど、まだ初対面の人でも普通に話せていたような気がする。でもそれ以降なにを食べても美味しくなくて、みるみる痩せていった。

あれから、よく知らない人と話をするのも怖くなった。どう思われるのかとても怖くて、話せなくなってしまって。

今は社会人だもの。逃げてばかりいて、表面化しないから大きな問題にならないけど、逆に社会性という意味で問題になるのも確か。なんの意味もない社交辞令に拒絶反応を示すのも、おかしな話だよね。

部長とデートができたくらいだもん。あまり知らない人と接することも、できなくはないと実感した。

笑顔で挨拶も……驚かれたけどできたんだし。人は珍しいものが気になるし、構う性質があるでしょ。最近、それがとてもよくわかったっていうか。

「松浦さん、計上ミスがあります」

低い声に、我に返った。大変。仕事中なのに考え事をしていた。

「す、すみません。どこですか？」

振り返って部長のところまで行くと、彼はパソコンを見ながら、ミスをした書類を差し出してくる。

「付箋《ふせん》を貼っています。前回も似たようなミスをしているので、気をつけるように」

「はい。気をつけます」

書類を受け取って席に戻りながら、『あれ？』と違和感を覚えた。

いつも部長って、私の前髪が長いせいで目が合わないにしろ、人の顔を見て話すのに、今は思いっきりパソコンを眺めながら渡してきたよね？

忙しいのかな。それなのにミスをしてしまって、申し訳ない気分だ。それでなくても迷惑をかけまくっちゃってるんだから。

気合いを入れ直してパソコンに向かうと、芳賀さんと目が合ってなぜか微笑まれた。

「松浦ちゃん、今度女子会しない？　女子同士で飲んで食べて会話するって感じだけど、松浦ちゃん飲める？」

飲める？って聞かれるってことは、お酒のお誘いだよね。

「ちょっとなら飲めると思います。まだ飲み慣れていませんが」

「酒豪になれとは言わないけど、少し慣れた方がいいね。ところで、クリスマスはなんの仮装にするの？」

「やっぱりドレスコードは仮装なんですか？」

部長もコスプレって言っていたし、うちの会社は変装するのが本当に好きなの？

「社長が仮装好きなんだって。もともとイベント好きが高じてイベント会社を起ち上げたって聞いたことあるから。楽しいことが大好きで、奥さん溺愛マンだとか、実は奥様は鬼嫁なんじゃないかとか、いろいろと楽しい噂《うわさ》もたくさんあるみたいだよ」

「へぇ。そうなんで――」

ゆらりと背後になにかが立った影が見えて、口を閉じた。

「まさか新入社員が来て二年目で、こんな注意が必要になる日が来るとは思ってもみなかったんですが……私語は慎みましょうか？」

絶対零度の低い低い声が聞こえてきて、持っていた書類を握りしめそうになる。芳賀さんの視線が、ゆっくりと私の背後に向かった。

「す、すみません。上原部長」

芳賀さんが呟いて、私も無言でパソコンに向き直る。

それからチラッと芳賀さんと顔を合わせて、肩を竦め合った。


比較的何事もなく終わった火曜日の終業後。事務所を出てロッカールームに荷物を取りに行くと、珍しく営業部の人たちで溢《あふ》れていた。

経理部が使うロッカーの列の裏側に彼女たちのロッカーがあって、姿は見えなくても話し声はよく聞こえる。

……営業部の人って苦手。キツイ人が多いっていうか、ちょっと遠慮がないっていうか。荷物を取ってさっさと行っちゃおう。

「……って、その事務の女、狙ったんじゃないのぉ?」

「ああ、そうかも。後ろから押されたからって、手もつかずに頭からぶっ倒れる人間って、普通いないよねー」

この間の私がそうでした。……それって、もしかして私のこと?

気になったけど、ここで聞き耳を立てていても嫌なことしか言われないだろうから、荷物とコートを取ると急いでロッカールームを後にした。

社員出入口を抜け、コート姿の高井さんを見つけて近寄ると、笑顔が返ってくる。

「すみません、お待たせしました。寒かったでしょう」

「大丈夫。中で待っていたらちょっと目立つから」

言われてみると、社員出入口は警備員さんの窓口があるだけで簡素だから、そこにこんな長身の人が立っていたらとっても目立つだろう。

「申し訳ないです。どこかカフェとかで待ち合わせすればよかったですね」

「気にしなくてもいいよ。俺がここでと言ったんだし。これから行くのは近場のお店なんだけど、そこでもいい？」

急に話題が変わって、瞬きしながら頷いた。

それから、緊張しながら高井さんの車に乗って、エスコートされて連れていかれたのは高級感が漂う店。飴色の木製ドアを開くと赤絨毯《じゅうたん》、短い廊下を抜けると小さな滝壺《たきつぼ》があって……滝壺⁉

ギョッとして二度見すると、出てきた黒服のボーイさんに案内されて進む。

壁一面に水槽が埋め込まれていて、お洒落なバーのように薄暗く、ライトアップは控えめ。ＢＧＭはクラシック。

ヤバイです。これは緊張するんじゃない？

思えば、高井さんの姿がいつもと違って、コートの下にはスーツを着ている。

コートを脱いで椅子に座ると、微笑みを浮かべた高井さんも少し戸惑っている様子だった。

「お店を聞く人を間違えたかなぁ」

「だ、誰かに聞いたお店なんですか？」

「うん。専務に聞いたんだ。教えてくれた通りにコースで頼んでるんだけど」

高井さん、専務と仲がいいの？　重役クラスの人なんて、全く雲の上の人だよ。

そして、ふたりでズラッとテーブルに並んだナイフとフォークに苦笑し合った。

「せっかくだし楽しもう。俺はマナーも知らないから、間違っても笑わないでね？」

「大丈夫です。私も知りません。たぶん、外側から使うんですよね？」

ここで彼に、マナーはバッチリなんて言われたら絶望するけど、ちょっぴり安心。

出てきたコース料理も落ち着いて食べながら、高井さんが実際に仕事で携わったイベントの様子について、面白おかしく話し始める。

高井さんは企画運営本部の所属で、本来は企画を制作する側。たまたま私と遭遇したときには、アルバイトスタッフさんが足りずに機材運びを手伝っていたらしい。

イベント時は短期バイトさんを雇うことが多く、主催内容によっては人員が足りなくなることもあるそうだ。それに高井さん自身、設営を手伝うのも好きなんだとか。

彼の年齢は二十七歳と私より年上で、「甘いものが好きなんだよねー」と言いつつ、コースの最後に出てきたチョコレートムースを美味しそうに食べていた。

「男の人が甘いもの好きって、珍しいですね」

「そうでもないよ。君のところの上原さんもそうでしょう?」

「上原部長ですか?」

それはちょっと想像つかない。でもガムは食べていたよね。

「前にデパートでケーキを買ってるところを見た。結構スイーツ男子は多いよ?」

どんな顔をして買っているんだろう。ニコニコと笑顔で……?

想像して思わず吹き出した。

似合わなーい。でも口が裂けても言ってはいけない。

うん。人の好みはそれぞれだよね。誰かにプレゼントの可能性だってあると思う。

「それは知りませんでした。私、普段は部長とあまり話さないので」

「そう？　その割に、いきなり助け求めに行ったよね？」

え。それは先週の月曜日の話でしょうか。

「さすがにショックだった。松浦さんは上原さんが好きなの？」

しょんぼりと悲しそうに言われて、その言葉に私が持っていたフォークがポロリと手から離れて落ちた。

この人、なにをいきなり言い始めるのか。世の中はいつも薔薇《ば》《ら》色じゃないよ？　好きとか嫌いとか、その前にいろいろと問題がある……ないのかな。

いや、だって、そんなことないないない。部長は部長だし。デートも教育的指導の範疇だった。あれは間違いなく〝指導〟という意味だと思う。

あのときに本気デートって言われたけど、〝本気の教育的指導〟の意味にも取れるし、それを言ったら……あれ？　どういうこと？　頭が混乱してきた。

「上原さん、彼女いるの？　奪い取る、とは言えない性格のようだけど、君って」

「え……や。あの」

「脈ありだと思うけどなー。松浦さんを好きな男はいないの？」

「わ、私は好かれないですから！」

慌てて言った言葉に、高井さんの目が真ん丸になった。

「どういうこと？　そりゃ、女の子が『男は皆、私を好きなの』とか言い始めたらドン引きだけど、私は好かれないって断言する人もいないよ？」

……やだ、これは私、墓穴を掘った？

「だって、私は暗いし」

「そう？　本当に暗い子って自分の意見もあまり言わないし、ハキハキしてないよ？」

「わ、私だってハキハキしているわけじゃないです。会話の流れについていけなくって、考えているうちにもっとついていけなくなって、結果的に無言になります」

そう言ったら、高井さんが晴れやかに微笑んだ。

「きっと松浦さんは、話を考えながら会話をするタイプだよね。ノリで会話する人も多いのに」

「そんなことないですよ。ブライダル課に友達がいて、彼女とはノリで話しますし」

そういうときは、ガッツリ墓穴を掘ることの方が多いけど。

「でも言葉で傷つけられてきたタイプでしょ。そういう人って言葉に気をつけるよね」

微笑みながら言われて、なんと答えていいかわからず困ってしまう。

『はい』と言うのは簡単だけど言いにくいし、『いいえ』と言えば嘘になる。

ぼんやり考えていたら、店の人が新しいフォークを持ってきてくれた。申し訳なくて恐縮していると、高井さんにクスクス笑われる。

「松浦さんは可愛いね」

「か、可愛いわけないじゃないですか。私、暗くてブスって言われ続けてましたもん」

「人の魅力は、表面的なものだけじゃないでしょう？　一瞬の仕草だったり、その人の持つ雰囲気だったりするよ」

キョトンとすると、高井さんは面白そうに笑っている。

「残念だなぁ。松浦さんが男の子なら口説くのに」

高井さん……男の子？　男の子って言った？

「え。高井さんは、そっち……？　やだ、私はなにを聞いて」

「あ。すんなり信じた？」

眉を上げ下げしながら軽く言われて、瞬きする。

あれ。もしかして冗談ですか？

「俺は可愛い系の、ちょこまかしてる男の子が好きだな。見てて飽きないし」

嬉しそうに言っている高井さんに頷いた。これは冗談ではないらしい。

「私のまわりには、男の子好きの男の人はいないです」

興味津々に高井さんを見つめると、彼もまじまじと私を見つめ返してきた。

「松浦さんは引かないね」

口もとは微笑んでいるけど、高井さんの目はマジだ。

「だって、高井さんが男の子が好きなら、私がどんな容姿でも関係ないでしょう？」

それに、私が引くなんておこがましい。高井さんが可愛い男の子とイチャイチャしている姿は全く想像つかないけど……って、なんでこんな深い話になっちゃったの？

「緊張しないで普通にしていたら可愛いのに。いい子だねぇ、松浦さんは」

「お世辞を言っても、なにもあげません」

「それこそ対象外の人にお世辞を言っても仕方がないよ。言うとすれば、そうだな」

とっても爽やかな笑顔で言われて固まった。これは……もしかするともしかして？

「松浦さんは、自分の見せ方がなってないだけだよね。なんなら、俺が男ウケする服を選んであげようか？」

やっぱり芽依と一緒の、悪気のない指摘魔だ！

「遠慮しますし、遠慮してください。私と高井さんはお友達でもないんですから、私の服を選ぶとか、おかしいです」

「ついでに、友達少ないでしょ。ブライダル課の彼女だけが友達？」

「余計なお世話です！」

ぐさりとチョコムースにフォークを刺したら、高井さんが口を押さえて視線を逸らした。

肩を震わせてるし、絶対笑ってるよね！

私は目を細めて口をへの字にする。

「高井さん、笑い過ぎです」

「ごめんごめん。素直だよね、松浦さん。いいねぇ、その素直さを分けてよ」

素直かどうかはともかく、性格的なものを分けることはできません！

唐突に『男の子が好きだ』と突然カミングアウトされてびっくりだったけど、そのおかげか気負うことなく高井さんとの会話を楽しめた。

そして、帰りにマンションまで送ってもらってから考える。

高井さんが〝男の子〟を好きなのなら、ちょっぴりもったいないな、なんて。

クリスマス・イブ

祝日を挟んだ木曜日。世間の一部はクリスマスイブを満喫しているみたいだけど、出勤風景はいつもと変わり映えはない。満員電車にぐったりしながら電車を降りると、駅の改札口を出たところで部長の後ろ姿を見つけた。

「おはようございます」

部長は顔だけ向けて、「おはよう」と短く言って、バッと身体ごと振り返った。

あれ。とても怖い顔してる。

「なんだ、どうした。具合でも悪いのか？」

いつもの部長じゃない。フランクな部長降臨だ。

「昨日、友人に買い物に付き合わされまして、少し疲れが取れていないみたいです」

部長はちょっと考えるような顔をして、溜め息をつくと私の隣を歩き始めた。

「それはお疲れさん。女の買い物熱はとんでもないよな」

私も女の端くれなのですが。まるで後輩男子を相手に話すように言われても、少しだけしょんぼりします。

でも、芽依の買い物熱は本気でとんでもない。途中、付き合ってくれていた柊君は呆れて喫茶店で時間を潰していた。

あのふたり、土日も仕事が多いから久しぶりの祝日デートのはずなのに、最終的には〝クリスマスの大変身〟とか言い始めて、私を着せ替え人形にして遊ぶし。

やめよう。考えても仕方がない。

「そういえば部長って、甘いものがお好きなんですか？」

「はあ……？　珍しいな。お前から話題を振ってくるの」

眉を上げた部長をチラッと見て、ゆっくりと前を向く。

「少し慣れたんだと思います」

「同じ部で働いているやつに、今さら慣れられた俺ってなんだよ。厳しくしつけた記憶はねーぞ？」

私もしつけられた記憶はありませんが。

「まぁ、残業とか、むしゃくしゃしたときには甘いものは必須だよな」

部長は能天気に呟いて、コートのポケットに手を入れていた。

頭使うときには、糖分がいいって聞くしね。

「私、残業はあまりないですから、わかりません」

「そっかそっか。次の決算期、お前残業な」

うすら寒いほど爽やかな笑顔で言われて、思わず身を小さくする。

これって墓穴を掘った？　それとも藪蛇《やぶへび》ってこと？

「頑張ります〜」

「お前、そこは一回拒否るとこだぞ」

からかうように見下ろされ、私は真面目な顔をして見上げた。

「そうなんですか？　では、嫌です」

「それはさすがに通らないだろ。他に言い訳を考えろ」

いったいどうすればいいんですか。

肩を落としながら社員出入口を通ると、前方に賑やかな女子軍団の後ろ姿が見えた。

たぶん、営業部の女の子たち。ロッカーであの一団に紛れたくないなー。

そう思って階段を使い、コートを着たまま事務所に向かうと、ついてくるような形で一緒に階段を上がってきた部長に不思議そうな顔をされた。

「コートを置きに行かないんですか」

「はい。今日はいいです」

急に職場モードの部長の口調に、苦笑いを返す。

女子軍団の威力はすごいんですよ。メイクのにおいも香水も多種多様に混ざり合って、いい香りのはずなのに、たまに気持ち悪くなって飛び出しちゃうときもある。そして、静かに飛び出すにも結構勇気がいるんです！

とりあえず事務所に入って、コートを脱ぎながら席に向かう。

「おはよう、松浦さん」

朝一番に野間さんと挨拶を交わすのは普段通り。事務所に着くなり無表情になり、挨拶を交わして自らの席に行く部長も変わりない。

「松浦さん」

呼ばれて部長を振り返ると、握りこぶしを差し出されていた。

グータッチでもしたいの？　今、なにかいいことがあった？

「手を出してくれますか？」

「あ、はい」

部長のところまで行って両手を出すと、カラフルな包装のキャンディがバラバラと落とされる。それを見て目を丸くした。

……だよね！　なにもないのに突然グータッチとかしないよね！　恥ずかしい！

「あまり食べると虫歯になるから、気をつけるように」

「あ、ありがとうございます」

でも、私は虫歯を心配されるような小さな子供じゃありません！

呆れ顔を返したけど、部長は気づかなかったようで、なにも言わず席に座った。

私、『甘いものをください』って、おねだりしたわけじゃないのにな。

いや、おねだりってなに。ちょっと変な響きっていうか、なんだか卑猥《ひわい》……。

違う違う！　それじゃ本当に頭どうしちゃったの？って感じじゃない。大丈夫なの、私。これって欲求不満？

そもそも欲求不満って、私は部長になんの欲求を抱いているの？　これだと頭がおかしい子じゃない。

「精密検査でも行こうかな……」

ポソリと呟くと、座っていた部長が真顔で私を見つめる。

「頭が痛いんですか？」

「頭が変なんです」

頭の中の思考が、もつれた糸みたいに絡み合ってほどけない、そんな感じ。うまくは言えないけど、ずっともやもやしていて、蜘蛛《くも》の巣みたいになにかが頭の片隅に引っかかっている。

「それはどういう具合にですか。痛いのなら突き刺さるように痛いのか、締めつけられるように痛いのか、もしくは違和感があるのか。目眩でもしますか?」

あなたは医者ですか。

冷静に見えて、どこか混乱しているような部長に、心の中で静かに突っ込む。

混乱している人が目の前にいたら、不思議と自分は落ち着けるものなんだな。

「なんでもありません、気のせいです」

「そうですか。それならいいですが」

「キャンディ、ありがとうございます」

ホッとしたような部長にもう一度お礼を言って席に戻ると、もらったミルクキャンディを口に入れる。

懐かしいなぁ。このソフトキャンディは昔から好きだった。

でも、このキャンディを真面目な顔をして選んでいる部長も想像できなければ、可愛い女の子付きのパッケージをレジに持っていく部長も想像つかない。

思えば、部長って面白い人だよね。

俺様とかガキ大将とか言われるくらい強引で、甘いものが好きで、お腹が空いたら人のオカズを盗み食いして。でも実は面倒見がものすごくいい。

会社内の部長を見ている限り、他人を心配してくれるような人には思えなかった。

私は人を見る目がないな。そういえば、死神さんにもいろいろ言われたよね。男にいいようにされるとかなんとか。

考えてみなくても、あれは間違いなくナンパだったのに、お酒を飲み慣れていない女が目の前にいながら、死神さんはとても紳士だったと思う。

あのときの私は実際は抱きしめられたけど、もっといいようにされてもおかしくない状況だった。最近いろんなことがあるけど、知らないうちにまわりの人に助けられているのを実感する。

考えながらパソコンを起動していたら、芳賀さんが出社して笑顔で近づいてきた。

「メリークリスマス！　松浦ちゃん」

「おはようございます」

深々と頭を下げると、芳賀さんは花が開いたように華やかに、でもちょっぴり悪巧みでも考えているような感じで、にじり寄ってくる。

「フライング・クリスマスデートはどうだったの？」

フライング……イコール〝飛ぶ〟ではないと思う。なんの話ですか？

「ほら。火曜日に食事に行ったんでしょう？　どうだったの？」

ああ、クリスマスをフライングスタートしちゃった、って意味合いか。

「楽しかったですよ」

高井さんが男の子が好きだと聞いてびっくりした。でも公にアピールしたわけじゃないとは思うから、私はなにも言わないようにしないとね。

ひとりで納得していたら、芳賀さんは不服そうに顔をしかめた。

「単調な声で朗読するように言われても、ぜんっぜん楽しさが伝わらない！」

えええ。そんな注文を言われても、困りますー。

ワクワクしながら芳賀さんは席に着き、パソコンの電源を入れてから私に椅子ごと近づいてくる。

「で、どこに食べに行ったの？」

「店名は見ていないんですよ。ちょっと高級そうなお店で、緊張しました」

「へえ？　どこだろう。美味しかった？」

「コースでお料理が出てきて、見た目も綺麗で、デザートのチョコレートムースが美味しかったです」

「コース料理だったの？」

芳賀さんがそう言った瞬間、近くでガン！と勢いよく引き出しが閉まる音が響く。

驚いて、芳賀さんとふたりで音がした方を見ると、幸村さんが無表情で立っていた。

「お、おはようございます」

「おはよう」

幸村さんは芳賀さんよりも二年先輩。毎日くりくりと髪を巻いていて、ちょっぴりキツめな感じの美人さん。いつも冷たい雰囲気を纏っていながら、身につけている香水は甘い。

隣の席の沢井さんと、常になにか話しながら私を見るから、たまにいたたまれなくなることも多数。私に視線を向けながら内緒話はしないでほしい。

「あなたたちはクリスマスのことしか考えないわけ？　これから仕事っていうときに、朝からチャラついていないでよね」

目の前の席に着きながら、幸村さんにボソリと呟かれて首を竦めた。

すみません。ここは職場ですもんね。

だけど、芳賀さんは果敢にもニッコリと微笑み、立ち上がって幸村さんを見下ろす。

「幸村さんも今日はクリスマスデートですよね？　ロッカールームで着替えちゃってましたけど、素敵な服を着てたじゃないですか」

「ありがとう。でも私はデートじゃないの。あなたたちはクリスマスデートかしら？」

とても不機嫌そうに言われて、幸村さんの冷たい視線がなぜか私に突き刺さる。

「わ、私は、家に帰って寝ます」

幸村さんが『はぁ？』という顔をしたのと同時に、芳賀さんが私の肩を掴む。

「え？　松浦ちゃん、ご飯を一緒にしたナントカさんは？」

「高井さんがどうして出てくるんですか」

芳賀さんの驚きに、逆に驚いちゃいます。

「でも松浦ちゃん、高井さんと高級そうなお店で食事したんでしょう？　クリスマスは誘われなかったの？」

「ですから、それはお詫びのお食事です。一度ちゃんとお詫びしたいからって言われて行っただけなので」

それに、クリスマスイブのデートって、恋人同士のイベントでしょ？

ナイナイナイ。それはあり得ない。だって私は対象外の人間だし。

そう思っていたら、背後で吹き出すような音が聞こえてきて、なんだろうと振り向くと、何事もなかったような顔をして書類に目を通している部長がいた。

……今の会話を笑われた？

そして私たちの視線に気がつくと、彼は微かに眉をひそめる。

「沢井さんと瀬川君が来たら、朝礼を始めましょうか」

部長の低い声に、幸村さんは慌ててパソコンのパスワードを入れて業務の準備を始め、私たちもソフトを起動させてキャビネットに書類を取りに行く。

それから少し微妙な空気が流れながらも、朝礼を終えると一日の業務が始まった。


「お疲れさま〜」

終業時間。人が少なくなって静かになっていく事務所に反比例して、帰っていく人の声は明るく楽しそう。きっとクリスマスパーティーの予定があって、めちゃくちゃ楽しみにしているんだね。私も帰りたいよ〜。

別に予定があるわけじゃないけど、いつも事務所に最後まで残っているのは部長クラスの人たちばかりだから緊張する。『お前まだ残ってんのか?』って感じに悪目立ちしちゃうし。でも今日はミスってばかり。今日の分の書類が、今やっと終わった！

「部長、遅くなりました！　確認お願いします」

「ずいぶんと急いでるな。クリぼっちなのに」

あれ。部長、かなりフランクですね。しかも私、クリぼっちとか言われちゃう系？

軽く驚きながらも、不思議そうにしている部長にバツが悪くなって俯いた。

「すみません。お待たせしてしまいましたから」

早く家に帰りたい人もいるでしょう。そもそも待たせちゃったことには変わりなくて、本当に申し訳ないです。

「あー……お前は気ぃ遣いだな。俺もぼっちだし、気にするな」

部長もクリスマスにひとりぼっちなんだ。仲間だ仲間だ。

妙な連帯感を持って笑ったら、背後からゆらりと肩に手を置かれる。

「松浦さぁん、手が空いたのね？」

「ひぃ！」

慌てて振り返ると、私の耳もとで地を這《は》うような声を出したのは野間さんだった。

「な、ななな、なんですか」

「松浦さん、慌て過ぎだから。別に、帰っちゃうのねぇ……って、ただ思っただけ。暇なら皆で飲みに行こうよ」

皆？　皆って？　残っているのは私と上原部長と野間さんだけだよ？

「なんだ。俺もカウントされてんのか？」

部長は淡々と呟くと、書類に承認印を押してから、それを決裁ファイルに入れて顔を上げる。

上役同士で飲み会はわかるよ？　私がカウントされている方がびっくりなんですが。

「上原部長はお財布代わりに決まってるじゃない」

背後から、野間さんの笑い声。

「おい、こら。同期だろうが」

そして目の前から、部長の不機嫌そうな表情。

え。なに、ちょっと待って？

「上原部長は部長でしょ。それに、クリスマスなのに女に払わせるつもりなの？」

「割り勘しろとは言わないが、最初から『払え』って言ってるようなのはどうかと思うが？」

どうでもいいけどふたりとも、私を挟んで言い合いしないでもらえませんか？

「あの……」

声をかけようとしたら、部長が溜め息をついて立ち上がる。

「じゃあ、行くか」

……これは、断ったらいろいろと面倒なことになりそう。なにかいい言い訳はないだろうか。

あったとしてもすぐには思いつかない。どうしようか迷っていたら、部長が私の顔を覗き込む。

「まぁ、野間に捕まったんだから仕方ないと思え。お前も少しは飲めるだろ?」

部長はコートに袖を通し、それからまた私を見た。

そんな……クリスマスなんて派手で華やかなもの、私には縁がないよ。

や、やだやだやだ。どうしてそれが上司ふたりとの飲み会になってしまうわけ?

会社の飲み会なら他に人もいるし、その際は仕方ないから参加するけど、こんな気が詰まりそうな飲み会は行きたくないですー!

「だからな、松浦」

部長が少しだけ気の毒そうな顔をしたから、必死になって彼を見つめる。

「社会勉強だと思って諦めろ」

あああああ! これも社会人の務めってやつですか! 納得いかなーい!

「帰って寝るだけよりいいだろ?」

「は……?」

「朝に言ってただろ。帰って寝るだけって」

やっぱり部長、すました顔して聞いていましたね!

顔を真っ赤にすると、野間さんが視界に入ってくる。そして楽しそうに笑った。

「上原部長に美味しいものを食べさせてもらいましょ。ぼっち仲間ってことで」

絶対に断れなさそう。わかりました。行きます、行かせていただきます。

もう、ハッキリ断れない自分が本当に情けない。


もそもそとコートを着てふたりについていくと、こぢんまりとした小料理屋に入った。暖簾《のれん》をくぐった先に見えたのは、木造の純和風の店内。というよりは昭和な佇《たたず》まい。小上がりとカウンター席があって、そのカウンターの中に調理場。中が一段下がって見えるようになっていた。

そこに、着物に割烹着《かっぽうぎ》姿の女の人がいて、満開の笑顔で出迎えてくれる。

「あらー。久しぶりじゃない」

「クリスマスなのに空いてるな」

「失礼ね！　クリスマスだから空いてるのよ！」

悪口の言い合いみたいな気兼ねないやり取りをして、部長は私を見下ろした。

「姉の瑞枝《みずえ》さんだ」

「え……？」

部長のお姉様？　お姉様なのに、さん付けで呼んでいるの？　いや、ちょっと待って？　そもそも登場がいきなり過ぎないですか？

あまりにも唐突な紹介に衝撃を受けたのは私だけではなくて、野間さんも目を丸くして、調理場の女の人を凝視している。

「お姉さんのお店に来るなら来るで、どうして前もって言ってくれないわけ？」

そうだよ。確かに私はどこでもいいけど、普通は前もって『どこの店に行くか』くらいは言うもんでしょう？　野間さんすら知らないって事実も私には驚きですよ！

でも、問いつめる野間さんを眺めて、部長は首を傾げている。

「なんで野間に言うんだよ」

じゃあ、なんで私を見て『姉の瑞枝さんだ』って紹介を始めるの……と思ったけど、口にするのはやめた。余計なひとことになりそうな気がする。

常連さんが来るかもしれないから、と小上がりに案内されて、黙って野間さんの隣で正座をした。それからゆっくりと、カウンターの中のお姉さんを見る。

きちんとまとめられた黒髪に白い肌。口紅は赤くて、柔らかく微笑んでいる。

綺麗な弓なりの眉。目はパッチリ二重で、ちょっとだけ上向き加減の鼻がキュート。

改めて見ても、あまり部長とは似ていない気がする。

そう思ったのが通じたのか、部長は私と野間さんとを交互に見てから苦笑した。

「正確には兄嫁だ。瑞枝さん、兄貴は？」

最後はくるりとお姉さんの方を振り向いて、声をかけられたお姉さんが笑いながら頷く。

「暇潰し。もう少しで帰ってくると思うの」

なるほど。それで、さん付けで呼んでいるんだと納得していたら、カラカラと戸が開く音がして、大柄な男の人が手に大きな魚を持ってのっそりと入ってきた。

その人は絶句した私と野間さんを眺めて一礼すると、部長を見てからニヤリと笑う。

「いらっしゃい。刺身でいいか？」

そう言うと魚をお姉さんに預けて、着ていたコートを脱ぐ。

中から現れたのは白い作務衣《さむえ》姿。たぶん、この人が部長のお兄さんだろう。

「兄貴の義継《よしつぐ》だ。愛想のない兄ですまない」

「大丈夫よ。上原部長も普段は無愛想なんだから」

野間さんが冷静に言っているのを聞いて、頷きを返すと、今度は手を洗って調理場に立ったお兄さんを眺める。

比較的まっすぐな眉に、スッキリ通った鼻筋。奥二重なのは部長そっくりで、お兄さんより部長の方が目がパッチリとしている。

「雄《ゆう》之《し》君、ビールでもいい?」

お姉さんがおしぼりを持ってきて、同時にメニューを渡す。

「俺と野間はそれでいいが、こいつには甘めのチューハイにしてやってくれるか?」

指を差されて、キョトンと部長を見た。

「松浦は、ビール飲まないだろ?」

「上原部長、甘い。松浦ちゃんは歓迎会でも烏龍茶だったのよ」

野間さんの突っ込みに、部長が一瞬考える顔をする。

そうです。過去に私が参加した会社のイベントは二回だけ。自分の歓迎会と、今年のハロウィンだけですから。

「まぁ、これも社会勉強だな。瑞枝さん、酒は薄めでよろしく」

勝手に注文されるのも、社会勉強のうちなんでしょうかね。

お酒が来て乾杯すると〝ぼっち仲間のクリスマス会〟が始まった。

出された料理を食べながら、オレンジジュースで割ったチューハイを飲んで、上司ふたりの会話を聞き流す。お酒が進むと役員の悪口やら愚痴まで飛び出してきて、ちょっといたたまれない。でも、お料理は本当に美味しいな。

パクパク食べていると、お姉さんからこっそりと、小鉢に入ったリンゴのコンポートを出されて目を輝かせた。

「お酒が苦手なら、甘いものでもどうぞ」

「ありがとうございます」

わーい。甘いものは大好きです！

ウキウキと箸で切り分けていたら、野間さんとの会話が結構白熱していたはずの部長がジロッと私を睨んでくる。

「松浦だけズルイんじゃないのか？」

「え。なに？」

野間さんがふわりと動いて、私の手もとを覗き込んだ。まさかの酔っぱらい？

「やだー。美味しそう～」

「食べますか？」

ひと口に切り分けたコンポートを野間さんに差し出すと、いきなり部長に腕を掴まれて、思わずギョッとする。

「ちょ……部長？」

裏返った私の声を無視して、野間さんに差し出したはずのコンポートは、なんと部長の口に消えた。唖然として野間さんとふたりで部長を眺める。

「うわ。結構甘いな、これ」

えーと。その、平然と呟かれても困るんですが。

「やだー。上原部長、それはセクハラでしょー。松浦さん固まっちゃったじゃないの」

「セクハラかぁ？　まぁ、悪いな。松浦」

……いえ。いいんですけど。ふたりとも酔っぱらい過ぎでしょう。

ぼんやりしていたら、クスクスと笑いながらお姉さんが部長たちにもリンゴのコンポートの小鉢を持ってきた。

「雄之君は相変わらず、甘いものを食べながらお酒を飲める人なのねぇ」

言われて、ちょっとだけ嫌な顔をした部長が印象的だ。

そのうち野間さんが壁にもたれてうとうとし始め、呆れた部長がスマホを取り出す。

どこに電話をかけるつもりだろう？

不思議そうに部長を見ていたら、気がついた彼が野間さんを指差した。

「こいつの彼氏呼ぶ。どーせイブに会えないから、憂さ晴らしに俺らが捕まったんだし。ただ、驚くなよ？」

私がなにに対して驚くんですか？

そして、部長は通話が繋がった相手にとんでもないことを言い始めた。

「もしもし？　ああ。今、『夕月《ゆうづき》』って店にいるんだけど。一時間以内に迎えに来ないと、酔いつぶれた彼女を襲うよ？」

確かに驚いた。私の目の前で、なんてことを言っているんですか、あなたは。

イタズラを仕掛ける悪ガキのような笑顔で、部長は言うだけ言うと、なにやら相手が叫んでいるうちに通話を切る。本当に〝ガキ大将〟そのものじゃないか。

「呆れた……」

「俺が野間を担いでいくわけにもいかないだろ」


そうして待つこと三十分。現れた人にポカンとする。

「専務？」

ブランド物のコートにきっちりネクタイ。おそらく手縫いであろうスーツに身を包んだ人は、間違いなく我が社の専務取締役。

ただ、いつも綺麗にセットされている御髪《おぐし》は乱れ、眼鏡《めがね》も白く曇っている。

「お前、なんだ、あの電話は……！」

専務は言いながらこちらへ歩きだし、私の存在に気づいてハッと立ち止まると、眼鏡の位置を直しつつ部長を睨む。

「あ、うちの部下の松浦。大丈夫だよ、たぶん口は堅いから」

平然と部長は言っているけど、野間さんの彼氏が専務？

専務って、いくつだっけ？　えーと、確か社長の息子ってことくらいしか知識がない。だいたいアットホームな事務所内の人たちならともかく、重役と接点ないから！

その専務が近づいてくるのを見上げて、身長の高さにポカンと口を開けた。

「……聖子《せいこ》がご迷惑をおかけしました」

せ、聖子？　聖子って、ああ、野間さん！

思い出してから、深々と頭を下げる専務に、あたふたと手を振る。

「そんな。いつもお世話になっているのは、わた、私の方ですから！」

「松浦。とりあえずこっち来い」

あ、ああ。そうですね。

部長に呼ばれて慌てて席を移ると、専務が小上がりに上がってきて、野間さんにそっと触れた。

壊れ物のように野間さんに触れる人なんだな。

そう思って部長を見ると、彼もニヤニヤとふたりを眺めている。

「手間かけたな」

「そう思うなら、イブくらい空けておいてやれよ」

「仕事だ。仕方がないだろう」

専務はブツブツ言いながら野間さんを抱きかかえ、立ち上がると部長を見下ろした。

「今度埋め合わせする」

「俺は構わないよ。埋め合わせは野間にしてやれ」

専務の眉がひょいっと上がって、今度は私が見下ろされる。

な、なななんですか。

「では、松浦さんにはなにか埋め合わせを……」

「け、結構です！」

両手を使ってバタバタしていたら、専務はふわっと微笑んで、今度は軽く頭を下げてから店を出ていった。

や……なんかもう、もっのすごーく緊張したぁ～。

へなへなと脱力していたら、部長がネクタイを緩めながら苦笑する。

「お前は誰にでも緊張するんだな」

「しますよ！　専務ですよ、専務！」

逆に緊張しない人がおかしいでしょ！　でも、部長は普通にタメ口だったね？

「専務って、おいくつでしたか？」

「えーと。兄貴のひとつ下だから、三十七歳のはずだ」

部長のお兄様は三十八歳なんだ。上原部長は確か、三十一歳だよね？

「同期でもないのに、仲がよさそうでしたね？」

「まぁな」

口もとだけで笑われながら、すいっと視線を逸らされる。

あれ。これは『まぁな』のひとことで濁された？

「なんですか。気になりますよ」

「松浦はああいう男が好みなのか？」

確かに専務は部長とは違った意味で、冷たい感じのイケメンですよね。私でもわかるくらいに眉目秀麗だった。

「私は専務みたいにキラキラした人は、畏れ多くて近づくつもりもありません。それより、話をはぐらかさないでください」

「あー……いや。まだやめとく。それより、松浦さぁ」

部長が振り向いてイタズラっぽく微笑み、顔を近づけてきたから硬直する。

これって、鼻先十センチって言わない？

あまりの近さに、口まで硬直してしまって無言になった。

「ふたりだけのクリスマスデートになったが、緊張する？」

にんまり言われて、身体中がカアッと熱くなる。

違う意味で、緊張するに決まってます！

頭がくらくらしてきたところで、部長は引いてくれた。

「明日も仕事で、仕事が終われば会社のクリスマスパーティーだし、今日は帰るか」

ジャケットから財布を取り出し、飄々《ひょうひょう》と立ち上がる部長を見て絶句する。

い、今のって、からかわれた？　絶対にからかわれたよね？　ひ、ひど……っ！

「ところで松浦は、明日はなんの仮装をするんだ？」

何事もなくスルーして切り替えが速いのは、部長の標準装備だろうか。

「秘密です」

なんかここ最近、ずっと部長に振り回されているよね。私、なにかした？

間違いなく楽しそうな顔をしている部長を見ていたら、目の前にしゃがみ込まれた。

「お前はわかってないなー。早く成長しろよ」

そっと前髪をかき上げられて、瞬きする。

クリアになった視界に、部長のまっすぐで真剣な瞳。だけどそれは一瞬で、彼はいつもの無表情に戻るとスッと立ち上がる。

「あ、あの。部長?」

「明日、楽しみだな?」

はぐらかすように曖昧に微笑まれて、黙り込むしかなかった。

試供品

　クリスマス仮装パーティー当日。誰もいないパウダールームで芽依に活を入れられメイク中。

「やっぱりさ、この格好はないと思うんだよね？」

　パタパタとメイクをされながらブツブツ言っていたら、キッと芽依に睨まれた。

「大丈夫！　目立たないから」

「これのどこが目立たないの？」

　芽依とお揃《そろ》いのゴシック風ワンピース。私が赤で芽依が白。髪にはそれぞれ白いバラと赤いバラの造花付きカチューシャ。

　買い物に行ったとき、同じ型のワンピースの色違いを見つけて、童話の『白バラちゃんと赤バラちゃん』をやろうと誘われた。

　マニアック過ぎるよ、この童話。そう思っても、乗りに乗った芽依を止められるはずもなく。そういう経緯から柊君は強制的に、童話に出てくる王子様役の熊の着ぐるみを着ている。

ちなみに私が赤を選んだ理由は、きっとサンタクロースの仮装が多いはずだから、赤なら目立たず紛れ込めると思ったからだけど、いざ着てみるとド派手で恥ずかしい。

「甘い甘い。うちの会社の美術スタッフをなめるんじゃないよ？　去年はアニメの主人公から将棋の駒まで、いろいろいたよー」

「将棋の駒？　ちょっと待って、芽依。将棋の駒がいたの？」

「よし、できた。今回は薄めのメイクにしたけど、普段の可南子には見えないから」

華麗にスルーされて、渡された鏡を覗きながら眉をひそめた。

確かに、前回よりゴテゴテしていない。真っ白な肌にピンクの唇。つけ睫毛が上下についているけれどふんわりなメイクの狙いは、ビスクドール風？

「ここまできたら、芽依のメイクアップは特殊メイクの部類だよね」

「さすがにそこまでしないから」

カラカラと笑われて、ふたりでパウダールームを出て会場に向かった。

今日の会場はホテルのホールを貸しきり、またまた立食パーティー。最初からこっそり入るつもりでいた私たちは、社長の挨拶が終わった頃合いに紛れ込む。

「うわぁ……」

目の前を金髪のウィッグをつけた妖精が通り過ぎた。サンタクロースに、トナカイの着ぐるみもいる。雪だるまは少数派。向こうではアニメの海賊と海外映画の海賊が談笑しているし、バリエーションが豊か過ぎる。

「じゃ、柊のところに行くね～。楽しみなよ、可南子」

離れていく芽依に片手を振って、壁際に向かった。

どんな格好をしたところで、華やかなものには馴染めない。途中、ボーイさんに飲み物をもらって壁にもたれかかった。

相変わらず不思議な光景が広がっているなぁ。

そう思いながらゴクゴクとグラスの中身を飲むと、キツめのお酒の味にむせた。

普通のオレンジジュースだと思っていたら、かなり苦い。瞬きしていると、スッとグラスを取り上げられる。

「ボーイが配っているのはカクテルだよ。その勢いからすると、ジュースだと思ったんでしょー？」

涙目で顔を上げると、そこにスーツ姿のライオンを見つけて、ギョッとした。

だ、だだだれデスカ？

「俺だよ、俺」

俺って言われても困る。面と向かってオレオレ詐欺？

「だから、俺だってば」

ガボッとライオンのマスクを外すと、高井さんの笑顔が出てきた。

「あ。高井さんでしたか、こんばんは」

「こんばんは。松浦さんは警戒心強いよねー」

笑顔が苦笑に変わった高井さんに、私も半笑いを返して、取り上げられたグラスを見る。

「お酒だったんですね」

「うん。ソフトドリンクはあっちのテーブルに置いてあるよ。君はあまり飲まないでしょ？　この間の食事のときも飲まなかったし」

「まぁ、そうなんです……」

けど。私が私ってバレた⁉

「高井さん、私だってわかりましたか？」

高井さんはキョトンとして、ライオンマスクを被り直すと軽く頷いた。

「松浦さん、マニキュア塗ってないから。だいたいの子は塗ってるし。それにうちの会社は女子少ないし。君ってここに小さなホクロあるしね」

耳を指差されて、愕然とした。

ど、どれだけ細かいところまで観察しているのか。高井さん、そんなに些細《ささい》なところ、女子だって普通に見落とすよ！

びっくりしたけど、気を取り直して咳払いする。

「高井さんも来ていたんですね」

「うん。タダ酒飲めるし。お祭り騒ぎが好きだしね」

イベント会社だもの、そういう人は多いよね。

「ところで、赤ゴシックのワンピースって、松浦さんのイメージ的に珍しい格好だよね。メイクもバッチリで人形イメージ？」

ライオンマスクの無表情で言われて、小さく吹き出しながら頷いた。

「はい。メイクは友達にしてもらいました……から」

似たような会話をした記憶がある。

確か、ハロウィンだ。ハロウィンに死神さんに『目が綺麗』って言われて、友達にメイクをしてもらった話をして。

「どうかした？」

「ああ、いえ……」

「じゃ。腹減ったから、また後でね」

そのマスクで、どうやって食べたり飲んだりするんだろう？

疑問に思いながらも、爽やかに去っていく野獣の後ろ姿を黙って見送る。

でも、高井さんの声って死神さんによく似ているけど、記憶より少し柔らかい口調。

もうちょっと死神さんはどこか断定的だったっていうか。なにか違う気がする。

首を傾げていたら、近くの壁にドサッと誰かが寄りかかった。

視界の片隅に見えるのは、全体的に黒い服の人。腕を組んでいるのも見える。

黒のスーツに白い手袋。そろっと視線を動かすと、会場を黙って眺めている無機質な白い仮面の横顔。目もとだけを隠す形の仮面とその姿は……オペラ座の怪人？

人をジロジロ眺めるのは失礼だから、とりあえず前を向こう。

そう思ってステージの方を見て黙り込んで、数分が経過した。

賑やかな会場はやっぱり苦手だけど。眺めているだけで楽しい。巫女《みこ》さんとシスターが仲よくビールで乾杯しているのは、日本的というか。

考えてみれば、うちの会社って本当にイベント好きだなぁ。ノリがいいっていうか、あっけらかんとしているっていうか。

どうして私がこの会社に採用されたのか、こういう賑やかさを見ていたら、とてつもなく謎なんだけど。

でも、ほら。締めるとこで締めないと、ぐだぐだになっちゃうもんね？

……そうやって関係ないことを考えてみたけど。隣のファントムがめちゃめちゃ気になります。

だって本当に黒い。姿が……ではなくて、雰囲気が。

ファントムじゃなくて、悪魔でもよかったんじゃないかな。地獄の底にでも落ちちゃっているんじゃないの？

いいや。喉が渇いたし、高井さんにグラスを取り上げられたまんまだし、ここから逃げ出してジュースを取りに行こう。地獄に堕ちている音楽の天使様は放っておいて。

歩きだした途端、低い声に呼び止められた。

「今日はなんの扮装だ？　魔女さん」

その言葉と声に、目を丸くして振り返る。

まわりの喧騒の中、黙って彼を見つめる私と、無言で首を傾げている怪人さん。

「え……っと」

「ずいぶん可愛い格好だな？　これからあいつとデート？」

可愛い格好は芽依の見立てだからともかく、あいつとデートの〝あいつ〟に心当たりはないです！

「の、飲み物を取りに行くだけです！」

どこの誰とデートに行くとお思いか！

ちょっぴり憤慨すると、怪人さんの口もとがシニカルに笑う。

「ソフトドリンク？　カクテル？」

聞かれて顔をしかめる。今日のカクテルはやだなぁ。

「今日の、オレンジジュースのカクテルは甘くなかったんです」

「そう……甘い方が好きなんだな。ところで、今日は魔女？」

「白バラちゃんと赤バラちゃんです」

怪人さんは私をまじまじと見下ろして、それから組んでいた腕をほどいた。

「悪い。わからない」

そうですよね。有名な童話だけど、知らない人は知らないし。

仲のいい姉妹が、髭《ひげ》が絡まって動けないでいる小人を助けるために、小人の長い髭を切り続けたら、実は小人に魔法をかけられ、熊に変身させられていた王子様を助けることに繋がった……という童話。

「俺がわからなくてもいいか。飲み物を取ってくるから、ここにいろ」

壁際を指差し、とても当たり前に命令される。

バサリと揺れる黒いマントと精巧な仮面。その後ろ姿を眺めて、また壁に寄りかかった。

もしかして……彼は死神さんで合っている？

しばらくして戻ってきた怪人さんを凝視すると、彼も無言でグラスを差し出してくる。また沈黙が落ちたけど、先に溜め息をついたのは彼だった。

「お前は、直感に従うことはないのか？」

直感に？　そんなあやふやなことを言われても。

「えーと。死神さん？」

「正解。今日は怪人のつもりな？」

唇が微笑んだと思ったら、サラリと手袋をした指先で頬に触れられる。

「今日もバッチリメイクしてんなー。お前、メイクすると顔を隠さないなら、普段からバッチリしてろよ」

普段からって……さ。本当に普段から私を見知っている人のセリフだよね？

「死神さん？」

「だから、今日は怪人だって」

「そうじゃなくて。普段の〝私〟を知っているの？」

マントを捕まえたら、無言で見下ろされた。

彼の躊躇《ちゅうちょ》する雰囲気が伝わってきて、そしてまた溜め息をつかれる。

「今日は、魔法うんぬんはいいわけ？」

「今日もバッチリ魔法かかってます！　自分でも、私は私じゃないですもん」

「いや。今日のは案外わかりやすいだろ。お前の素顔を知ってるやつなら」

そうなの？　でも、素顔を知っている人は滅多にいないよ？

「あの、あの……」

「少しくらいはわかっているだろう。松浦」

そう言いながら、仮面に手をかけた怪人さんに慌てる。

「待って……！」

一瞬遅く、ひょいっと呆気なく外された仮面と、そして現れた表情に呆然とした。

「お前は相当鈍いよな？」

ニヤリと笑う、よく見知った顔を見つけて、片手で顔を覆った。

「上原部長……」

猛烈に知りたくなかったよ！

「知っといてもらった方が俺は楽なんじゃないか？　どっちかわからんが」

指の間からこっそり覗くと、仮面をもとに戻し、グラスを傾けている部長が見えた。

「だいたい、あんな状況ながら人生初のナンパをした女に『正体不明でいましょう』とか言われた俺の気持ちにもなれ」

「え。初ナンパだったんですか?」

でも『目が綺麗』ってセリフは、あまり慣れていない人から出てくる言葉とも思えないけど……それよりも気になることがあるんです。

「いつから気がついていましたか?」

部長は、やっぱり魔女さんイコール松浦可南子だって気づいていたわけだよね?

「お前がお前だって? まぁ、病院からだよな」

あっさり言われて目を細める。

気がついたのは最近だったのか。でも、これが安心要素か不安要素かわからない。

「メイクをして目もとが変わるわけじゃない。そもそもお前、ここにホクロあるし。病院でも確かめたから」

耳朶《みみたぶ》をつままれて、瞬きをした。高井さんと同じことを言っている。

「いつまで顔を隠しているつもりだよ、お前は」

「会わす顔がないと申しますか、なんと言いますか」

「俺はお前の顔が見える方がいい」

しぶしぶ手を外すと、部長が仮面の中で笑っている。

「お前の友達はメイクが得意だな」

「芽依はブライダルメイク担当ですから……」

「そうかそうか。ところで飯は食ったか？」

「なにか持ってきましょうか？　それよりも、耳からいい加減、手を放してください」

どうしていいかわからずに俯いていると、頭上でふっと笑われて、耳から手を放してもらった。

めちゃくちゃ身体中が熱いよ！

「前にも言った気がするが、立食だと俺は食った気がしない。他のやつらに見つかる前に、出ないか？」

一瞬躊躇した私に、部長は首を傾げる。

「それともファントムらしく、誘拐するか？」

またどす黒くなった雰囲気に、一瞬呑み込まれそうになる。

が、頑張れ私。なにを考えているのかわからない部長に呑み込まれちゃダメ！

「芽依がいますから」

「どうせまた、彼氏のところに飛んでいったんだろ？」

その通りだけど。

「しゃ、社会の一員としては、会社主催の催しを中座するのは問題が」

「顔を出せばいいだけだろ。社長の長いスピーチを聞いたら、後は無礼講」

かなり失礼なことを言っている気がしないでもないですが？

「そ、それに私、ちゃんと最後までいないと、また芳賀さんに『来てなかった』とか言われます」

そして、会社に行って困るのは私なんだよね！　他はともかく、これは譲れない！

自信満々に言ってのけたら、数秒の沈黙の後、部長は頷いた。

「芳賀に会いに行けば欠席扱いはされないだろ？　確かあっちに……」

そう言うなり部長が歩きだしたので、慌ててマントを掴んだ。

よーくよーく考えたら、この格好で芳賀さんに会いに行く度胸は、私にはありませんです。はい。

部長は私の様子に、勝ち誇ったように微笑んだ。

「そうなると思った。誘拐決定」

勝手に決定しないでほしかったけど、口もつけていないグラスを部長に取り上げられ、近くのテーブルに置かれる。そして、彼が白い手袋をつけた手を差し伸べてきた。

口で敵《かな》うと思った私が、馬鹿なの……?

「ご飯ですかぁ?」

「まあな。今日の服装だと、どこに行っても問題なさそうだが、とりあえずクリスマスらしくするか」

ぼんやりしていたら手を掴まれて、部長はスタスタと歩き始めた。

「コートはクロークに預けてあるんだろう?」

「あ、預けてあります……」

引っ張られて小走りになりながら、あわあわと答える。

「部長、少し強引過ぎます」

「いつもは積極的じゃないぞ? どちらかといえば待ち構えている方だ」

待ち構えられても困るんですが!

会場の喧騒を抜けて、荷物を預けたクロークに辿り着くと、部長は預かり札を出して荷物を引き取る。それを眺めながら溜め息をついた。

私は流されやすいのかなぁ。本当に自分にガッカリ。もう、どうにでもなれだ。

意を決して私も預かり札を出して、コートを受け取った。振り返ると、部長は仮面とマントを外してバッグに無造作に入れている。そして白い手袋を取りながら、コートを着ていた私を見た。

「コートは黒か」

「普段着は黒なんです！　そう言ったと思いますけど」

「そういやそうか。まぁ、たまにはハメを外せ」

それは芽依にも、そして死神さんだった部長にも似たようなことを言われている。

私はキリッと部長を見上げた。

「どこに食べに行くんですか？」

「クリスマスだから、洋食だろうな。昨日のは、まるっきり忘年会の勢いだったから」

昨日は和食でしたもんね。

「なにか食べたいものあるか？」

「なんでもいいですよ。私に選択権があるとは思えないので」

部長もコートを着て、それから楽しそうに口もとだけで微笑んだ。

「洋食でワインにしよう。飲んだことあるか？」

「ないです。甘いですか？」

「甘いのもあるにはあるが、とりあえず出るか」

また手を握られてエレベーターに向かう。

会場だったホテルからタクシーに乗り込み、運転手に行き先を告げてから、お互いに無言になった。

ラジオの陽気なDJのハガキコーナーを聴きながら、なくなってしまった会話に顔をしかめる。

無言って、めちゃくちゃ気を遣う。ここは勇気を持って……。

「部長」

「なんだ？」

窓の外を眺めていた部長が、暗い中で私の方を向いた気配がする。けど、それを見る勇気はないから、頑《かたく》なに前の座席を見据えた。

「部長って、仮装力が半端ないですよね」

「仮装力って、なんだよそれ」

私はハッキリと覚えています。最後まで持っていたかは覚えていないけど、ハロウィンのときはとても精巧な大鎌を持っていた。仮面もリアルで、一瞬本物の骸骨かと思った。

「クオリティが半端なくて、全然気づきませんでした」

「なにかを作るのが好きなだけだな。それを言ったらお前もだろ。まさか部下をナンパしたとは思ってもみなかったぞ、俺は」

「でも、私は全然気がつかなかったんです」

「それには気がついた。俺も仕事をしてるときはこうじゃないから」

こうじゃない、か。だいたい普段の部長の一人称はいつも〝僕〟で、確かに死神さんも最初は〝僕〟だったけど、次第に〝俺〟になった。

話し方は……納得する。フランクな口調のときの部長は、死神さんとイコールだ。

「詐欺だ。とても丁寧な口調で説明の長い、ただ単に真面目な人だと思ってたのに」

「何気に毒吐くんじゃねぇよ。真面目な口きいてりゃ、不公平とか言われなくて済むだろ。もともとはこんな話し方だよ、俺は」

「そうなんですか?」

チラッと部長を見ると、私が不思議そうな顔をしたのに気づいたのか、重々しく頷かれた。

「一部の女性社員に嫌がられてから、部長になったときに改めた。そもそも俺は口下《くちべ》手《た》なんだ」

少しだけふて腐れたような、不服そうな顔をしている。

「口下手……なんですか?」

仕事中の部長は、いつもクドイくらい丁寧に教えてくれるのに?

「野間いわく、主語がなくて意味が通じないらしい。それなら、一から説明したら相手にも伝わりやすいだろう。言った言わないで仕事に支障もあったし」

なるほど。そのために、クドイくらい長口上の説明なのかぁ。

「以心伝心という言葉は、滅多にない世迷いごとだぞ、お前」

古きよき諺《ことわざ》な気がする……。あ、四字熟語だった?

どうでもいい物思いを破ったのは、運転手さんの「着きましたよ」という声だった。

タクシーを降りると、そこは閑静な住宅街に見える。クリスマスらしい個人宅のイルミネーションが綺麗。だけど、住宅街?

どういうこと? そもそも誰も歩いていない。

もしかして、部長が手料理を作ってくれるとか。いや、いきなり部下に手料理は引くでしょ。あり得ないけど、この状況自体があり得ないんだって!

「どうした? 急に慌て始めたな」

無情にも去っていくタクシーを見送って、普段通り無表情の部長を見上げた。

「部長、お腹空いていたんじゃないんですか?」

「仕事終わってなにも食べてないし。見た感じ、お前もだろ？」

「どこでご飯食べるつもりですか？」

「この店だけど？」

そう言って部長が指差したのは、目の前の洋館チックな白い二階建ての住宅だった。お洒落だとは思う。でも、どこからどう見ても普通の一戸建てにしか見えない。庭はたくさんの電飾でキラキラしているけど、自宅イルミネーションも最近は多いし。

「……ああ。そっか」

部長がなにか察して、壁際を指差した。そこには【ら・シエル】という平仮名と片仮名交じりの金ピカの表札……というより、看板？

凝視していたら、部長ののんきな声が降ってきた。

「まあ、知らないやつなら盛大に誤解しそうだよな。ところで、お前はそのつもりだったのか？」

思わず振り返って目を丸くする。

「そのつもりって、どんなつもりですか？」

「ん？　俺のうちに来るとか？　でも、それならしょぼい食事になりそうだよな。俺は自炊しないし」

「相当、お腹空いているんですね」

部長は色気より食い気の人で、真っ先にご飯なのか。

「いろんな意味で飢えてるのは確かだ」

しみじみ呟いている部長を眺め、これ以上聞いてはいけない気がしてきた。

「私もお腹が空きました。でも、ここって予約とかいりそうなお店じゃないですか?」

微かに話題を逸らすと、部長はにこやかに頷く。

「ここはダチの店。タクシーの中でメールしたから、大丈夫」

いつスマホを操作していたのかな? 全く気づかなかった。

考えていたら背中を優しく押され、歩かされながら部長を見上げると、同時に目の前のドアが開いた。

「馬鹿かお前は! 女の子連れで、どうしてそんな寒いところで突っ立ってる‼」

怒号とも取れる大きな声に、思わず身を竦めて部長のコートを掴んだ。

目の前の人は大柄な男性だった。色黒で目はギョロリとしていて、表情は厳《いか》ついとしか言いようがない。白いコックコートを着ているから、たぶん彼が部長のお友達?

「あまり大声出すな。松浦が怯える」

「この子に言ったんじゃねぇ。お前に言っているんだよ。早く入れ」

悪い人じゃなさそうだけど、めちゃくちゃ怒っていませんか？

ビクビクしながらも、部長に押し出されて、玄関とおぼしき入口に上がり込む。

「俺の声が大きいのは生まれつきだ。気にするな」

お友達さんは私を見下ろしているから、私に言っているの？

無言でコクコクと頷きを返していたら、後ろで部長が爆笑する。

とってもひどいと思う。だいたい、部長は私が人見知りなのはわかっているじゃない。それなのにいきなり部長のお友達さんにフレンドリーにされたって、困るだけだってわかってもよさそうなものでしょう？

「部長は間違いなく、いじめっ子ですよね。私、いじめっ子は苦手です」

ふて腐れて呟くと、部長は眉根を寄せて難しい顔をする。

「それは初めて言われたな。俺って、いじめっ子か？」

最後はお友達さんを振り返った。

「知らねぇよ。とりあえず、早く席に着け」

苦虫を噛みつぶしたような表情で部長のお友達さんは呟いて、さっさと歩きだしたから、ふたりでついていく。店内は〝インテリアに凝っているご自宅〟といった風情《ふぜい》。

ちょっぴりアンティークな飾り棚の上に、大きな花柄の花瓶。そこには大輪のバラの造花。白い壁には前衛的な抽象画。上を見上げると、昭和レトロな照明器具。バラバラなのにどこか統一感があるのは、風景に溶け込んでいるからかな？

案内されるがままに一室のテーブルに着いて、部長はお友達さんを見上げた。

「今日は友香《ともか》ちゃんはいないのか？」

「人の嫁を軽々しく、ちゃん付けで呼ぶんじゃねぇ。買い出しだよ」

彼らの会話を聞き流しつつ、通された部屋の内装を眺めていく。自宅さながらのアットホームさがあって、でもどこか高級感がある。これを『店内』と言うのは憚《はばか》られるけど、最近は古民家カフェもあるし、かえってお洒落に感じる。

ぼんやりしていたら、部長に顔の目の前で手を振られていた。

「悪いな。急に変なやつが出てきて。いつもは、あいつの嫁さんが出てくるんだけど」

いつの間にかお友達さんはいなくなっていて、広い空間にふたりで取り残されている。これはこれで緊張してしまうんじゃ？

部長とふたりきりになるのは、初めてってわけじゃない。車で送ってもらったこともあるし、水族館デートもした。

でも、それだって誰かその他の人もいる空間の話で、こんなプライベートチックな空間にふたり……。

難しい。

どうしましょう。なにを話しましょう。

死神さんが部長だとわかったから、今さら好きなテレビの話をするのも私的過ぎて難しい。

「やっぱり逆効果だったか」

ポツリとした呟きに、いつの間にか俯いていた顔を上げた。

「お前は真面目だしな。仕事上ではいいと思うが。今さら緊張してどうする」

「しますよ。私はハロウィンで結構失礼なことをした記憶が」

「それを言ったら俺の方だろう。ぶら下がったのはお前だが、抱きしめたのは俺だ」

どこか色香を感じさせる笑みを見せる部長に、爆発したように身体が熱くなる。

そうだよね。私は部長に抱きしめられたんだよね？　本当に今さらだけど、めっちゃくちゃ恥ずかしー！

「わ、忘れるってことでいかがですか？」

「その程度のことで動揺するなよ。ハグくらい、最近のやつなら普通じゃないか。大騒ぎすることでもない。俺がもっと突っ込んだことをしたならともかく」

「部長、それ偏見！　私は軽々しくハグとかするような人間じゃないんですから」

彼は難しい顔をして、それから腕を組んだ。

「そっか。付き合った男がいたって聞いたから、そのくらいは普通にしていると思っていたが、さほど親密な付き合いじゃなかったのか。本当に一回だけか？」

あなたはなにを聞いているの？　もしかして、元彼とは一回のみの関係だったかとか、それを聞いちゃっているの？　ちょっと踏み込み過ぎじゃない？

でも、あのときに『一回やったら捨てられた』とか、それっぽいことを言っちゃったのも私だったりする。絶句していたら、部長はふっと小さく笑って頷いた。

「今は部長としてお前の前にいるわけじゃない。俺はひとりの男として、松浦可南子を見ている。だから、上司と部下の関係は今は忘れろ」

静かで、いつもより一段低い声に私が息を呑むのと、部長のお友達さんが入ってきたのは同時だった。

「おお。お前の彼女じゃないのか？　とりあえず紹介しろ、紹介」

大きな声が響いて、部長がとてもとても嫌そうな顔をする。

「タイミング悪いやつだな」

「俺はこういうやつだ」

部長のお友達さんは偉そうに胸を張ると、私の目の前にワイングラスを置きながら、厳つい顔を目いっぱい優しく和ませて微笑んでくれた。

「俺は高畑政孝《たかはたまさたか》。上原とは小学校からの腐れ縁だな。よろしく」

「初めまして。松浦可南子と申します」

思わずつられて挨拶を交わしてしまい。目の前の部長にぷっと吹き出された。

「まぁ、ゆっくりしていけ。友香が帰ってくるまでは、俺は給仕しながら料理を作っているから」

ガハハと豪快に笑いながら高畑さんは去っていき、それを見送ってから、どこか呆れたような、でも楽しそうに微笑みながら頬杖をついている部長を振り返った。

「それで、上司と部下の関係じゃないって、なんの間違いですか」

「本当だな。なんの間違いで、俺はお前が気になるんだろう？」

知らないですよ。というか、笑いながら言われても困るのは私だし。

「冗談も同情も結構なので」

頬を膨らませて呟くと、部長に驚いた顔をされた。

「冗談は言われても仕方ないと思うが、どっから同情が湧いて出た？」

湧いて出たわけじゃないもん。

目についたワイングラスを手に取って、ひと口飲んでから部長を見据える。

「男の人は皆、綺麗な人とか、可愛い子が好みじゃないですか。私みたいなブスは、見向きもされないことはわかってます」

「お前もかなりの偏見だぞ、それ」

　困ったようにしながらも姿勢を正す部長を眺め、ワイングラスを傾けた。

　ほんのりとピンクの飲み物は、思っていたより甘いお酒。コクコク飲んでいたら、なにかに気がついた彼の手が慌てたように私の手を掴む。

「待て。それ以上は飲むな。お前、また空きっ腹に酒飲んでるだろ」

「素面でお話しできるようなことじゃありません」

「いや。もう、なんとなくわかったから、とにかく落ち着け」

　落ち着いていますとも。だからこそ、素面じゃやっていられないんじゃないか。

「からかうのはよしてください」

「からかってないだろ。少なくとも、お前と高井が一緒にいるのを見てイラッとするくらいは本気だぞ？」

　部長の表情は本気で嫌そうに見えるけど、大人の男性は疑ってかかるべきなんでしょう？

「男の人の本気は信じられない。前の彼だって『男がいなくてかわいそうだから』付き合ってくれてたなんて、思ってもみなかったもん」

そう言うと、部長は少し考えるように、私を向いていながら遠くを見るような表情をする。しばらくしてから視線が戻ってきた。

「……だいたい察した。そりゃ相手の男も男だが、お前もちゃんと男を見る目を養え」

「どうやって養うんですか。そもそも近づきもしないですよ」

部長はまた考えるようにしながら私をまじまじと見ると、微かに意地悪そうに笑う。

「じゃあ、俺で試してみろ」

「へ？　部長で試すの？」

「ダメなら俺も諦めがつく。大丈夫なら、続けていけるだろ？」

なにをどういけるの？　部長でなにをどう試すっていうの？　だって部長……。

「やですよ！　部長みたいな得体の知れない人」

「得体が知れないなら、知ろうとしろ。知る前からシャットダウンするんじゃねーよ」

「シャットダウンって、パソコンじゃないんですから！　どちらかというとコントロールデリートで強制終了レベルですよ！」

「意味わかんねぇよ！　とりあえず水飲め、酔っぱらい！」

売り言葉に買い言葉的な言い争いをしていたら、高畑さんが鬼の形相で飛び込んできた。

「うるさい、お前ら!」

その迫力はすさまじく、身を硬くした私に、部長がまた爆笑していた。そこから後のことは途切れ途切れにしか覚えていない。


十二月二十六日。いつも通りの休日。着ていた服もそのままに自分のベッドで目を覚まし、ひどい頭痛に悩まされながら、昨日の出来事を思い出そうとして頭を抱える。

でも、覚えていないものは覚えていないから、途中放棄して薬を飲んだ。

月曜日……とりあえず仕事に行きたくない。

終わりと始まり

月曜日。今年最後の出社日。

事務所は仕事納めと言いつつ勤務時間も短く、大掃除で業務は終わる。

それをいいことに、部長とは朝に当たり障りない挨拶だけをして、それからピッタリと芳賀さんに付き従いながら一日を無事終えた。

帰り際に『今年もお世話になりました。来年もよいお年を』とお決まりの挨拶をしてから、年末年始の連休に突入……のはずだったんだけどなぁ。


三十一日。大晦日《おおみそか》の夜、二十三時。どうして部長から連絡が来るのでしょうか？

なにか約束した？　たぶんしていないと思う。でも記憶が曖昧でなんとも言えない。

お酒の力ってつくづく怖い。来年は禁酒ということで自重します。だからどうか許してください。

鳴り続けるスマホを正座して拝んでいたら、ピタリと鳴りやむ。

諦めたかと思ってホッとしたのもつかの間、また鳴りだしたスマホをテーブルから取り上げ、深い溜め息をついた。

「……もしもし」

『世界が終わった、みたいな絶望的な声で出ないでくれないか？』

唐突に苦笑交じりの声が聞こえてきて、テーブルにうつ伏せになる。

「そもそも私は明るい性格してませんから。言いたいことがそれだけなら切りたいと思います……」

もう、本当にどうとでもなれだ。

スマホの向こうで小さく吹き出す声が聞こえて、続いて咳払いも。

『そんなわけないだろう。今からマンションの下に来い。神社に行くぞ、神社に』

信心深いなー。大晦日を神社で過ごすつもりですか？

「寒いですよー。それに夜も遅いし」

こんな時間に、おそらく今は大混乱であろう神社参拝は嫌ですー。

『お前は馬鹿か。こんな夜だから誘ってるんだろう。誰が好き好んで神社デート考えると思ってるんだよ。大晦日だぞ、大晦日。日本のわびさび感じろ』

デートのつもりなの？　いや、ちょっと待って。だいたいデートってなに？　それに、サクッと『馬鹿』って、あまりにも失礼じゃない？

「私はインドア派で二十三年生きているんです。覆すのは難しいです」

『そりゃそうだろう。だが、お前は言ってるほどおとなしい性格してないだろ。ポンポン言い返してくるくせに』

言い返さないと、流されてしまいそうだからですよ。

仕事中の部長は『です、ます』口調で、説明するときは長口上。プライベートの場合だと、『日本のわびさび感じろ』だとか命令口調で、こんなにざっくり話す人だとは思ってもみなかったもの。

とにかく、起き上がって冷静に考えてみた。

「これから年越しそばを茹《ゆ》でて、それを食べながらＤＶＤを観る予定なんです」

『ああ、それでもいいな。腹減った』

それでもいい？　それはどういう意味ですか？

その瞬間に、インターフォンの音にびっくりして無言になる。

こんな時間に、自宅に突撃してくる友達はいない。芽依だって来るときには連絡をくれるし――。

思わず通話相手の部長に助けを求めようとしたら、気がつけば通話は終了していた。

「……え。嘘でしょ？」

今、このタイミング……って、まさかね？

そう思いながらもそっとドアスコープを覗くと、そこに間違いなく部長が立ってい
て、呆れたというか安心したというか。一番先に来たのは、困るという感情なわけで。

ドアチェーンをかけたまま、ゆっくりとドアを開けると、少し寒そうにしている部
長の笑顔が見えた。

「こんばんは。部長」

「今さら挨拶とか遅いだろ。とりあえず寒い」

「寒い場所に、私を連れ出そうとしていた人のセリフではありませんね」

「もしかして俺、ここで駄々こねればいい？」

いや、困る。こんなところで駄々をこねられても近所迷惑になるし、とても恥ずか
しい。

仕方なく無言でドアを閉めてから、チェーンを外して再度ドアを開けた。

「部長を部屋に上げるのは、どうかと思うんですが……」

「それも今さら。すでに金曜の夜に上がったし。お前をベッドに寝かしつけて、鍵閉
めて、鍵を新聞受けから投げ込んどいた」

何気なくさらさらと返事をくれながら、部長は玄関先に入ってきた。

それをあんぐりと口を開けて見上げてから、言われた言葉の意味に顔が青くなる。

慌てて新聞受けを開けた。そこには電気料金の測量紙と、キーホルダーもなにもついていない、特にこれといって特徴のないシルバーの部屋の鍵。

急いで部屋に戻ると、会社用のバッグをかき回して、カエルさんのキーホルダー付きの鍵と予備の合鍵を探す……けど、予備の鍵がない。なくしたときのために、いつもバッグのポケットに入れているのに。

つまり、新聞受けに入っていた鍵は予備の鍵だよね？　最悪だ！

「もしかして、お前はなにも覚えていないのか？」

腕を組んで難しい表情をしている部長を振り返り、コクリと頷いてみせたら、盛大な溜め息が返ってきた。

「マジかぁ。どうりでよそよそしいな、と思った」

彼は頭を振りながら呟くと、じっと見つめ返してくる。

部屋でふたつの鍵を握りしめている私と、玄関で腕を組んだ部長。とてつもなく変なシチュエーションだ。

「ともかく……上がってください」

苦笑しながら靴を脱いで上がってくる彼を眺めて、場所を空ける。

ワンルームにキッチンがついた私の部屋。メインの家具はベッドと、テレビ台代わりのカラーボックス。折り畳み式の白いテーブルの下には、フワフワの毛足の長いラグを敷いている。クローゼットは備えつけで充分なので、洋服ダンスはない。

狭いと思ったことはないのに、ひとり増えただけで少し圧迫感を覚えてしまう。

「部長。お話があります」

「それは嫌な予感がするなぁ」

ボヤくように聞こえた言葉に、表情を消して詰め寄った。

「覚えていないんですもん。聞かないと話が始まらないじゃないですか」

「えー……なら、高畑を呼ぶ。証人として」

「証人は第三者が望ましい、ではなくて、証人が必要なんですか？」

お茶を入れようとキッチンに向かうと、ちょっとだけ情けない呻き声が聞こえた。

「言いたくないならそれでもいいです。私は今まで通りに過ごすつもりですから」

「いや。とりあえず、寝てる女を襲う趣味はない」

寝てる女を襲うのは犯罪ですから。それに、そこは実は心配していない。

なぜなら、あの赤いゴシックワンピは着るのも大変なら、脱ぐのも大変……ではなくてですね！

ただけです！」

「いきなりなに言ってるんですかー！」

頭を抱えて叫ぶと、部長はキョトンとしていた。

「それを心配してたんじゃないのか？」

「してません！　酔って記憶がないので、どんな醜態を晒したのか気が気じゃなかっ

「ああ。それは安心していい。いつも以上に真面目だったから」

微笑みながら言われて、じっとその表情を窺った。

……嘘はない感じだけど、私は人を見る目がないからなぁ。

溜め息をつきながら、ケトルと鍋に水を入れ、火にかける。

「男の人になにか作ったことはないんですけど、どれだけ食べますか？」

何気なく振り返ると、本当にまじまじと私を凝視している部長に出くわした。

「本当に記憶ない？」

どこか懐疑的な表情の部長に、冷蔵庫に向かいながら首を傾げる。

「途中まではハッキリ覚えてます」

「んじゃ、お試しで付き合うって話は？」

それは覚えています。付き合うことにはなっていなかったはず……確か『やだ』っ

て言って、言い合いになって、その後で高畑さんが乗り込んできて。

でもその後の記憶は曖昧。その後ってどうなったんだろう？

実際、いつの間にか部長に部屋まで送られているし。でも記憶はない。

考えていたら、部長の困ったような声が聞こえた。

「とりあえずコート脱いでいいか？」

「どうぞどうぞ」

ネギを手に取り、まな板を出しながら、コートを脱いでいる部長を横目で見る。

今日の装いは、薄い水色のシャツにシンプルな濃紺のカーディガン。それにジーンズを合わせていた。お洒落のことはよくわからないけど、似合っていると思う。

「お腹空いているなら、二人前、食べてもらえますか？」

「それはさすがに多いだろ？」

「年越しそば、実は四人前買っちゃったんです」

二人前もあるはずだけど、買い出しが出遅れたから売っていなかった。

「ひとりで年越しの予定だったくせに、そばを食べようとしているお前に驚きだよ」

「そうですか？　おせち料理も食べませんか？」

おせちセットを予約はしないけど、栗《くり》きんとんと煮物くらいは好きだから食べる。

「実はしっかり日本人してたんだな」

呆れたような声音に頷いて、ネギを刻み始める。

しばらくして、キッチンからちょっと視線を上げると、どこかソワソワしている部長が視界に入ってきた。落ち着きがない部長って、初めて見る気がする。

「暇ならテレビをつけていいですよ」

「つーか、ひとりでテレビもつけずになにやってたんだよ」

チラッと咎《とが》めるような視線に、叱られている気分になるのはどうして？

「今日は読書ですかね。ちょっと頭に入りきらなくて、読み直してました」

「読書好きか？　なにを読んでた？」

「それは秘密です」

まさか、童話を読んでいたとは言えません。馬鹿にされそうだし。

微かな愛想笑いを返すと、部長は目を細めて呟く。

「ふーん……」

彼がくるりと部屋を眺め、腕を組むと、いきなりベッドの下を覗き込んだから、ギョッとして包丁を取り落としそうになる。

「ぶ……部長!?」

「隠す場所は女も男と一緒だなー？　見てもいいか？」

「ダメに決まってます！」

こんな年をした女が童話読んでますって、どこまでメルヘンだと思われるか！

「まぁ、そう言わず。お前のことだから、別に男の裸が載った写真誌でもないだろ？」

普通に考えても、そんなものを買う女性はいないで……いや、いるの？

考え込んだのはちょっとの間。おもむろに部長がベッドの下に手を伸ばしたのを見て、包丁を放り出し慌てて駆け寄った。

「待って！　ダメです、ダメ！」

絶対にダメー！と思った瞬間に、足もとがズルッとずれて、視界に飛び込んできたのは振り返って目を丸くした部長の顔。

ゴチンとおでこがなにかにぶつかって、ボフッと温かいものに包まれる。そして聞こえてきたのは、くぐもった呻き声。

「……お前、なぁ」

目を開けると力強い腕に抱き止められていて、視線を上げると、鼻を押さえて痛そうな涙目の部長。

鼻に当たっちゃったのかな……。

「本当になにもないとこでコケるな、お前は！」

「や、なにもなかったわけじゃなくて、なにかに足が……」

振り返ってみると、部長のコートが無惨にぐちゃぐちゃになっていた。

「……ごめんなさい」

「これは、放り出しといた俺にも責任があるな」

「そもそも、部長が人の秘密を探ろうとしなかったら起こらなかったと思います」

「それはそうだが。とりあえず可南子……」

か、可南子っ⁉　いきなりどうして名前を呼び捨てに？　部長、頭も打った？　打ちどころが悪かった⁉

「ティッシュあるか？」

鼻を押さえている手から、赤いものが見える。

「ち、血がぁ！　ごごごめんなさい！　真面目にごめんなさい！」

あわあわしながら両手で部長の手を押さえたら、彼の目がこれ以上ないくらい見開いた。

「とりあえず、落ち着けお前。単なる鼻血だから」

「だって、ゴチンって、ガツンっていっちゃったんだもん！」

「いや。だから、手で押さえてないでティッシュをくれ」

あれ。そ……そうだよね！　手で押さえられても困るよね！

パッと離れて、カラーボックスに置いてあったティッシュボックスを取ると、部長に差し出す。

「本当にごめんなさい」

「謝ってばかりだな。これは不可抗力だろ、気にすんな。深呼吸、深呼吸」

深呼吸？

吸って吐いてを数回繰り返し、ティッシュで鼻を押さえている部長を見つめた。

「お前はやっぱり面白いなー。普通に俺をもてなそうとするし」

シュンとなりながら正座をすると、部長は続ける。

「別に絵本くらい読んでても、俺は笑わねえよ」

ガバッと顔を上げると、床に散らばった童話の本が見えた。マイコレクションが散乱中。

「ち、ちが……絵本じゃないです。童話です」

本当に、部長には変なところばかり目撃されちゃう。

片づけながら俯くと、頭をポンポンと軽く叩かれた。

「女って、いくつになっても〝お姫様〟に憧れがあるだろうし、別に隠さなくていいんじゃないか？」

「今、私が読んでいるのは、大人向けの童話です！」

「どう違うのかわからない。俺は小説くらいしか読まないから」

……部長って本を読むのか。

ぼんやりと思っていたら、ニッコリと微笑まれる。

「少しは俺にも慣れてきたか？　前髪、上げてても平気なんだな」

言われて、パッと前髪に手を当てる。休日だから油断して、クリップで留めていたことをすっかり忘れていた！　しかも私、素っぴんじゃん！

「平気じゃないです！」

「俺が何度も見ているからか、家だと自分のテリトリーだから安心してるのか。会社で見てたらお前はいつも、強迫観念でもあるみたいに前髪いじってるけどな」

羞恥心がじわじわと身体を熱くして、それが顔まで上がってくると、部長の視線が興味深そうなものに切り替わる。

「ふーん？　素っぴんだと顔が全体的に真っ赤になるのがわかるんだ」

「赤くなってません！」

「ところで手を洗いたいんだけど、洗面所どこ？」

鼻血は止まったのかな。

案内しかけてから、顔をしかめた。ワンルームにベランダがない代わりに、うちにはささやかな洗面所と洗濯置き場がある。そこを通るとお風呂場兼乾燥室で、朝にシャワーを浴びた後、洗濯したものをところ構わず干していた。あんなものを、部長の目に晒せない。

「ちょっと待っていてください！」

慌てて洗面所に飛び込んで、全部の洗濯物をお風呂場のワイヤーロープに移してから扉を閉めた。

「どうぞ。石鹸《せっけん》は置いてあるものを使ってください。タオルもありますから」

「どうも」

余裕ありげに笑いながら洗面所に向かう部長を見送り、キッチンに戻ると、床に落ちた包丁とグツグツに沸いた鍋、そしてケトルに出迎えられる。

部長が相手だといつも調子が狂う。部長は飄々としているのに、本当になんていうか……簡単に狂わされる私が情けないじゃない？

落ち着くために、とりあえずお茶を入れて、そばを茹でるか茹でないか考える。

普通に考えたら、〇時を回ってから食べるのが常識だけど、部長は食べたら帰ってくれるのかな。あの様子だと居座りそうな気もする。

ぼんやりと、そば汁を作った鍋の蓋を開けて、お玉でかき回す。

汁は多めに作ったから問題ないとしても、なにを思って部長はこうも私を構うんだろう。もう、思考があっちこっちに飛んでいって定まらない。本当にごちゃごちゃだ。

「からかうにもほどがあるっていうんだろうな。何事もほどほどって大切だと思う」

部長がいないのをいいことに、ブツブツ文句を言ったら、低い声が聞こえてきた。

「いやぁ。本気で話したら逃げられそうだしなぁ」

「ぎゃあああー！」

持っていたお玉が弧を描いてから足もとに落ちて、本当に情けなさ過ぎて。わけがわからなくなって、両手で顔を隠してしゃがみ込む。

「お前……悲鳴はないだろ？」

「だって部長、なにを考えてるかわかんないんだもん。いきなり現れるし、いきなり返事するし」

もうどう対処していいかわからなくなって、パニックに……と思ったら、いきなり高く抱え上げられて瞬きをした。

足がブラブラしてます……というか、普通に持たれてませんか？

まさか私、〝高い高い〟されてる？　部長、怪力過ぎない？

「泣くことないだろう。お前は困ったやつだな」

本当に困ったように言われて、しょんぼりする。

うるうるしてても泣いてないもん。

でも、すっかり鼻血は止まったようで、少し鼻が赤いけど端整な顔を見下ろすと、いつもと違う視界がちょっと不思議で、首を傾げた。

真面目な顔の部長にも、苦手意識が出てこなくなっているのは間違いないのかも。

そう考えたら部長の言うように、私は〝慣れてきた〟んだろうか？

「しょうがないやつだなぁ」

苦笑をされつつ抱き直されて、危ういバランスでしがみついたら、耳もとでクスリと笑われた。そのままキッチンから連れ出される。

「ベッドに座っていいか？」

「え。どうしてです？」

「お前を抱えて床に座るのは、さすがにキツイな」

それは普通に私を下ろせばいいと思う。

肩に手を置いて身体を離すと、大きな手がまた引き寄せてくる。

え、ええと。落ち着いてみると、これは普通じゃない。絶対に違う。

「ぶ、部長？　あのぅ……」

「なんだ？」

「これは普通の上司と部下としてはおかしいと思うので、下ろしてください」

少しの沈黙の後、ドサリと部長はベッドに座った。

「恋人同士ならおかしくないだろ」

不機嫌そうにされても、あなたの言っていることは、かなりおかしいと思います。

「すっかり忘れ去られてるってのは、正直言ってムカつくな」

「……だって、あの。お試しに部長で、って話なら、私は承知したつもりはないです」

だから膝の上に乗せられて、睨まれるいわれもない。

「だから忘れてるって言ってるんだよ。言っておくが、そういうことになったのは、お前を部屋に送る途中でだ」

全く覚えていません。頑張って考えてもわからないし、思い出せないからぼんやりしていたら、部長は溜め息をついて、私をベッドに座らせてから立ち上がった。

「お前は座ってろ」

言い残して彼はキッチンに向かい、床に落ちたお玉や包丁を拾って洗ってくれた。冷蔵庫の陰に隠していた雑巾を見つけて、部長は床までも綺麗にしてくれる。それから洗面所に向かっていった。

思い出せないのはともかく、今日あったことを総合的に考えてみよう。

部長は唐突に、なんの連絡もなくやってきた。そして当然のように年越し神社デートを要求してきた。

そして今は、そうするのが当たり前のように、洗面所から戻ってきて人んちのキッチンでネギを刻み始めている。

「部長って、家庭的ですね」

「年越しそばを作ってるやつに言われたくないよ。自炊はしないが、ひとり暮らしを十年近くやってたら、ネギぐらいは刻める」

話しながらも、器用に手は動いている。

「ネギを引き切りする男子は少なそうですが……」

「これも普通。うちは共働きの家庭だったからな。まぁ、兄貴の影響もあるか」

お兄さんは小料理屋の店主ですもんね。彼の料理はとても美味しかった。

「あの、代わります」

立ち上がりかけたら、静かな視線が返ってくる。

「怪我する前におとなしくしておけ」

「でも、お客様に作ってもらうのはダメだと」

思うんだけどな？

「そのことも含め、だな。とりあえず座れ」

目を細めながら命令されて、思わずベッドの上に正座をした。

もしかして、これは説教されそう？

「俺は、客としてお前の家に来たつもりはない」

「じゃあ、上司？」

「んなわけあるか。彼氏だ、彼氏」

まさかなーって気はしてましたけど。それを真面目な顔をして言っちゃう？

「でも、私は部長をそういう意味で好きじゃないですし、部長だって私を好きではないでしょう？」

「その決めつけの根拠は？」

部長は冷蔵庫を開けながら、そばの入ったパックを取り出して、それを煮えたぎった鍋に投入する。

根拠は……ってさ。逆に〝好き〟だという根拠も見えないけど。

だって、会社に入って一年以上経ったけど私の教育係はずっと芳賀さんで、最近はともかく、上司と部下の日常会話ですら、部長とは交わしていなかったと思う。

きっかけと言われれば今年のハロウィンだけど、それだってお互いに〝正体不明〟で通したし。正体不明の人間を、好きになることなんてある?

それならそれで、部長ってどんな人なんだろうって、ちょっぴり興味は出てくる。

私には知らない人は無理。

「私は、付き合っても面白味のある人間ではないんですが」

「面白いから付き合うのか?」

いや、違うとは感じる。面白いから付き合うって、どうだろう。

「でも、それなりになにかアクションがあってもいいと思うんですが」

「俺って報われてないのな。すごーく行動に移してる気がするが?」

拗ねたようにムスッと言われて、天を見上げる。

それはそうだ。うん。デートしたし、今は家に上がってもいる。

頷いていたら、呆れたような視線と目が合った。

「意外に冷静に受け止めているんだな」

「冷静といいますか、なんだか思考が止まったらしいといいますか」

ポソポソと呟いたら、部長がなにかを探すように勝手に戸棚を開け始めた。

「あ。ザルなら足もとの方です」

「あー。サンキュ」

「やっぱり落ち着かないので、なにかします」

立ち上がってキッチンに向かい、小鍋をフックから外すと、うま煮入りの保存容器を冷蔵庫から取り出す。

「どれくらい食べられますか?」

「お前には俺が大食漢に見えるのか? そばは全部茹でてるんだぞ?」

そばを水洗いしながら部長が困ったように振り向くから、苦笑した。

「おそばは残せばいいんです。そのうち気が向けば食べますから」

小鍋に二人前くらいをよそって弱火にかけ、その間に煮物の保存容器をしまって、今度は栗きんとんを出す。

テキパキと用意している間に、そば用のどんぶりを部長に手渡して、おせち料理をこぢんまりと盛っていく。それを見ながら彼はどこかしみじみしていた。

「本格的に年越しだな」

「作ったのはこれだけですからね」

「いやいや。お前の母さん、よほどしっかりした人だな」

感心している部長に、首を横に振る。

「うちには母はいません。子供の頃に亡くなっていますから」

「え。あ……そうか。そうなんだ。なんかごめん」

小さい頃に亡くなった母の印象は、ほとんどない。物心つくまで母が生きていたなら、もう少し私の〝女子力〟も上がっていたのかもしれないけど。

今度は困った顔の部長を見上げて、ちょっと笑ってしまった。

「早いですが食べちゃいましょう。誰かいないと三日三晩、私はおそばと煮物で過ごすことになりかねませんから、逆にラッキーでした」

「ラッキーなのか？」

視線が交わり、小さく笑い合う。そうして、ささやかな年越しが始まった。

「こんなことなら、俺もなにか買ってくればよかったな」

「すみません。飲むつもりはなかったので、お酒はないんですけど」

「お前は少し限界が定まるまでは、飲まない方がいい。さすがに俺も今は飲むつもりないなぁ。飲みたいなら兄貴の家に誘うぞ？」

飲みたいわけじゃないから、私は別にいいです。

「お前はよーく考えた方がいいぞ。いくら俺を上司と認識してるとはいえ、ふたりきりなんだ。ベッドは目の前、俺も男だし、酒が入るとヤバイだろ」

それはそう……ですね。よく考えなくてもワンルームにふたりきり。しかも、少なくとも片方は堂々と自分を〝彼氏〟認識している。

本当に女の自覚がないな、私。でもどうすればよかったの。寒空にマンションまで来てくれた人を、追い返せばよかったの？

それは人としてどうなんだろう。そもそも部長が来たから……。

「部長は私が好きなんですか？　男の人は綺麗な人が好きでしょう？」

「かなり直球だな。俺はわかりやすいと思うが」

全然わからないよ。

だから、言いにくそうにしている部長をまじまじと見つめると、困ったように彼はそばを指差した。

「とりあえず、それを食え。伸びる」

悶々《もんもん》としながら、お互いに無言でそばをすすった。

テレビのついていない部屋に、そばをすする音。それから、遠くから低くて重みのある鐘の音が聞こえてくる。

「除夜の鐘か……こういう静かな年越しもいいなぁ」

ゆっくりと目の前の料理を食べ終えて、温かい番茶を入れた湯飲みを部長に渡すと、小さく吹き出された。

ムッとしながら座り直すと、片手を振りながら部長はお茶を飲む。

「いやいや。確かに〝綺麗〟な女は嫌いじゃないが、好きになるかどうかは別物だよなと思って」

話がいきなり戻ったらしい。

「お前は綺麗だとか可愛いっていうより、たぶん平凡な容姿の部類だろう。だが、女はいくらでも化けるだろ」

「メイクを頑張れば、ですか？」

でも、あまりメイクは得意じゃない。身だしなみとしてある程度はするけど、芽依みたいに器用じゃないから綺麗にアイラインとかは引けないし。どんどん太くなっていっちゃって、最終的にはパンダか妖怪になる。

「違うって、馬鹿」

部長が冷たい視線で目を細めるから、視線を手もとの湯飲みに落とす。

「馬鹿は傷つきます……」

「じゃあ、考えが浅い」

言い直せばいいってものじゃないです。

「表情だろ、表情。いつも猫背で俯いてばかりで、人を見るときには上目遣いで窺ってばかりのやつ、誰が〝可愛い〟って言うんだ。男なら遠慮なく蹴飛ばすぞ、俺は」

吐き捨てるように言われて身体を小さくする。

いや、男でも蹴飛ばされたくないと思いますが。っていうか、そんな風にこき下ろす女を、どうして彼女にしようと思ったんですか。

「お前は最初に、俺がなんて言ったのか忘れたのか？」

「えー……と。知り合い、いないのか？」

「記憶力に乏しいのか、よほど印象には残らなかったのか」

確かに、めちゃくちゃ強烈に印象に残った言葉があるにはあるけど、それを私の口から言えって言うの？

まさか『私の目が綺麗だと、部長はおっしゃられました』とか？

逆に言ったら、『私、目が綺麗って言われたんです』って、どれだけ自意識過剰な人になるの？

「楽しそうに、嬉しそうにしている目ってのは、綺麗なんだよ」

ぶっきらぼう、かつ平坦に言われて、湯飲みから視線を上げると、意外にも少し照れたような、ふて腐れたような仏頂面の部長と目が合った。

「ちなみに、驚いて丸くなっている目もいいし、パニクって半泣きになっている目も見てて楽しいよな。女をいじめる趣味はないが、少し目覚めそうになった」

サディズムたっぷりのいじめっ子として目覚めないでください！

「マジで、目は口ほどにものを言うってのは、こういうことかなって」

微かに微笑まれて、ぎこちなく笑みを返すと、なぜか頷かれる。

「だから、俺のになってくれないか？」

「……は？」

いきなり過ぎてなんにもついていけない。〝だから〟なんですと？

「だから。俺は俺で、気になるものは放っておけない。それに上司でいられるのも会社の中だけだろ。もうどうしようもなく自分のものにしたいから、彼女になれ」

真面目に聞いていたのに、最終的には命令ですか？って、どんな説明ですか、それ。

「よ、要点でお願いします」

「あー。……だから、好きだから彼女になって」

今度はムスッとした顔で言われて、混乱した。

どこの世界に、こんなふてぶてしく告白する男がいるだろう。いないよね？　見たことないよね？

まぁ、私はそもそも〝告白〟に縁がないから、基準は曖昧だけど。

「返事は？」

「あ、はい」

つられて返事をして、自分で言った言葉に唖然とした。

「ちょ……待って待って、今のなし！　勢いで言った言葉だから！　待ってください」

湯飲みをテーブルに置いて慌てて両手を振ると、挙動不審の私を部長は一瞥した。

「やだ」

真剣な顔を見合わせながら、無言になる。

いい大人が『やだ』のひとことで済ませてきたよ。部長は三十一歳ではなく三歳児？

「好きじゃないなら、好きになれ。少なくとも嫌ってはいないはずだし、俺はお前を可愛いと思う」

打って変わって優しい微笑み付きの穏やかな声に、戸惑う。

「嫌ってはいませんけど、あの、だから……」

待って。今、素っぴんなのに可愛いとか言われた？

カーッと頬が熱くなってきたから、慌てて両手で顔を隠すと、頭上から小さな笑い声が聞こえる。

気がつけば、除夜の鐘が聞こえなくなっていた。

「新しい生活に慣れるんだな。明けましておめでとう」

指の間から見えた部長は、とてもとても清々しい笑顔に見える。

新しい年に、いろいろと始まってしまったらしい。

きっかけ

今年の年明けは衝撃的過ぎた。

なにを伝えても『嫌だ』しか言わない部長に諦めて、『とりあえずでいいのなら』と承諾したら、ウキウキと部屋着のまま連れ出されそうになって、まずびっくり。

さすがにそれは勘弁してほしかったので断ると、なぜか『しょうがないなぁ』って言われて、結構あっさりと部長は帰ってくれた。

そのはずなのに、ひと眠りした元日に、またスマホが鳴って電気屋の初売りに誘われた。次の日には、部長のお兄さん夫妻のお宅にご飯を食べに行き、その次の日には、高畑さんのレストラン兼お宅にお邪魔してからかわれた。

その次の日はカラオケ、次の日はボーリングとなにかしらに誘われて、いつの間にか、あっという間に正月休みは終わってしまった。

一月一日から二週間過ぎた頃。各部署や営業先の年明けの挨拶もひと通り済み、落ち着いて通常業務に戻って、なんとなくほのぼのな空気の中。

「確認お願いします」

部長は仕事中は相変わらずな表情で淡々としている。書類を渡して席に戻ろうとすると、その部長に呼び止められた。

「松浦さん。最近、ミスも減って、提出が早くなってきましたね」

「ありがとうございます」

新人の頃、数値を間違えて大惨事になりかけ、迷惑をかけたことがあるから気が抜けない。一度処理した書類を再確認し、その上で書類を印刷するから、どうしても時間はかかるけど、ミスするよりはよっぽどましだと思う。

最近はケアレスミスも減ってきて再確認も楽になった。もしかして、やっと仕事にも慣れてきたのかもしれない。

褒められてホクホクして席に戻ったら、芳賀さんがなぜか硬直していた。

「天変地異だわ。松浦ちゃんが嬉しそうにしてる」

胸を押さえて呟く芳賀さんを、無言で見つめる。

天変地異だと言われる、私の立場はどうすれば?

「そこ。おしゃべりしない」

幸村さんに睨まれて、芳賀さんと一緒に首を竦めた。

「新人じゃないんだから、ちょっと褒められたくらいで浮かれるんじゃないわ」

幸村さんには当然のことでも、私にとっては浮かれる出来事なんです。

まさか口に出しては言わないけど、心の中でニヤニヤしながら仕事を続ける。だって、褒められたらやっぱり嬉しい。そうしていたら、また芳賀さんにそっと囁かれた。

「松浦ちゃん、いいことあった?」

「え。普通ですよ?」

確かに劇的な年明けで目まぐるしかったけど、その後は結構普通。だって、部長は相変わらずの部長のままだもん。もちろん仕事中は当たり前だけど、終業後にもなにか言ってくるわけでもない。

「普通かぁ。ま、いいか。じゃあ、飲み会に行かない?」

芳賀さんの言う『じゃあ』の繋がりが謎だけど、飲み会という言葉にピクリと指が動いた。

「えーと。あのー、飲み会は。ちょっと」

禁酒の誓いを立てたとは言いにくい。

「ダメ? イベントスタッフと飲み会。女子集めないといけなくて」

それって合コンとか言いませんかね。それって〝言語道断〟って言います。

「高井さんと付き合い始めたわけでもないでしょ？　単なる飲み会だし」

高井さんとはお付き合いしてはいないけど、違う人が〝彼氏〟になったんです、とも言いにくい。

会社では至って普通の部長だから、暴露していいものかも迷うし、どうしよう。彼氏がいるんです、とか言ったら、芳賀さんにつつき回されそうな気がする。

「あなたたち、いい加減にしなさい」

幸村さんにキッチリ睨まれて、お互いに口を閉じた。幸村さんは怖いけど助かった。

ホッとしたのもつかの間。

「松浦さん、少しいいですか？」

クリップボード片手に、無表情の部長が背後に立っていてびっくりした。

「相談ブースに行きましょうか」

事務所を出て、すぐ隣のブースに呼び出されてカチコチに緊張する。

私はこんなところに呼び出しをくらうほど、なにかやらかした？

相談ブースは三畳くらいの小部屋で、折り畳みのパイプ椅子が二脚と、簡易テーブルが置いてあるだけのスペース。ちょっとした面談なら、ここで済まされる方が多い。

促されるままパイプ椅子に座り、目の前の部長を見つめる。

「そんなにかしこまるな。ちょっと注意するだけだから」

軽い調子で言われて首を傾げる。

注意って、やっぱりなにかやらかしたのかな？　部長の表情はとても読みにくい。

「お前、パソコンのパスワード変えたか？」

思わずポカンとしたら、溜め息交じりに肩を竦められた。

「個人認証のパスワードだ。前に言っただろう。生年月日以外で設定しろって」

覚えていますよ。しっかり変えましたよ。だから自信を持って言えます。

「ちゃんと変えました」

「ひと桁変えただけじゃ、変えたって言わないぞ。馬鹿」

うわぁ、馬鹿って言われた。でも、仕事中に馬鹿？

驚いてまじまじと部長を見つめると、彼は鼻で笑ってクリップボードを机に置く。

「せめて英数字含めてパスワード設定しろよ。俺は昨日、十分かからずにお前のパソコンにログインできたぞ」

「す、すすすみませ」

「まぁ、いい。ある程度は把握してきた」

なんの話だろう？

黙っていたら、部長は不機嫌そうな顔をした。

「ところで、なんでお前は飲みに誘われて困っている。彼氏がいるからって断ればいいじゃないか」

なんだ、なんだ。部長がいきなりプライベートチックになった。

「あ。いや。芳賀さんなら、深く突っ込まれそうで」

もじもじしながら呟くと、眉を寄せて顔をしかめられる。

「突っ込ませてやれ。野間たちと違って、別に隠してないから」

そう言って部長は脚を組みながら、ずっと難しい表情を浮かべていた。

「あいつは直系だから、野間と付き合ってんのがバレたら社内の風当たりもキツくなるだろうが、俺はそもそも名字が違うから安心しててもいいぞ？」

いったいなんの話をしているんだろう。そしてガッカリされたけど。どうして？

「お前な、彼氏の身辺調査くらいしろよ」

「え。それって必要ですか？　私は人の詮索をしたことなくて。付き合ったらするものなんですか？」

「まぁ、普通はしないいな」

これは、またからかわれたのかもしれない。

戸惑っていると、そんな私を見て部長は溜め息をついた。

「とにかくお前は、俺に好かれているのくらい自覚しろ」

冷ややかな視線を浴びながら固まって、部長を凝視する。

今の話から、なにがどうしてそこに行き着いたの？　好かれてるって、好か……。

「やっぱり部長は私を好きなの？」

「直球過ぎて、お前の質問は答えにくいんだよな」

諦めたように言われて、私は目眩がしそうです。

結構ズバズバ答えてくれている気がしないでもないのですが。妙齢の男性の思考は、私にはわからない世界。

「まぁ仕事中だし、これくらいだな。パスワードは絶対に変更しろよ」

あっさり言うと、部長は立ち上がって部屋を出ようとする。慌てて後についていき、急に立ち止まった背中に顔面がぶつかった。

無言で見上げると、部長はいきなり振り返って私の前髪をかき上げてくる。

「ぶちょ……っ」

鼻先スレスレに部長の顔。焦点が定まらなくて瞬きしていたら、ふっと笑われた。

「ドキドキする？」

するに決まってるでしょー！　なにを当たり前なことを言っているんですか、あなたは！

ドキドキするし、ギクシャクもするよ。心臓はバックバク。そして身体中が熱い。微かに甘い香りもする。吐息が甘いって、部長、どういうこと？

わずかに一歩引いたら、部長は苦笑した。

「その反応だと上々かな。今日は飯食って帰るか。なにか食いたいものあるか？」

私がなにか提案しても反論するくせに。

「部長が食べたいものでいいですよ。お付き合いします」

そう言うと彼は意味ありげに片眉を上げ、苦笑するだけで出ていった。

事務所に戻ると、芳賀さんが心配そうな顔をして近づいてきて、デスクに着いた部長をこっそりと横目で見つつ、ヒソヒソ話を始めてくる。

「大丈夫？　なにか怒られた？」

一応、あれは怒られたの？

「少し注意を受けただけなので、大丈夫です」

「ならいいけど。ああ見えて、部長ってたまに怖い——」

「そう思うのであれば、少しは手を動かしたらどうだろうかと、僕は思いますが」

背後から低い声が重なって、そうっと振り返ると、部長が書類を片手に目を細めていた。

「す、すみません」

お互いに謝りながらパソコンに向き直る。

実は見ていないようで見ているよね。

そこからはおとなしく真面目に仕事をこなして、最後にパスワードを書き換えると、ちょっと落ち着いた。

終業時間になると、経理部で真っ先に事務所を出るのは幸村さんと沢井さんのふたり。次に芳賀さんと瀬川主任と続く。私もロッカールームに行こうと立ち上がり、それから部長を振り返った。

今日、ご飯って言われたけど、どうしよう?

「……お先に失礼します」

「ああ。後で社員出入口でな」

待っていろということだろうか。

ちょっとの間を置いて、「はい」と小さく返事をしてから事務所を出る。ロッカールームに入ろうとすると、開ける手前で突然ドアが開いて、そのままガツンと顔面にぶつかった。

「ごめんなさ——」

必死な声で謝ろうとした相手は、私の顔を見るなり冷たい表情になる。

「あら、ごめんなさいねぇ」

毒を含んだ『ごめんなさい』に目をパチクリさせると、何人かのクスクス笑いが降ってきた。

「やだぁ。あなたって本当に鈍くさいのねぇ」

「普通はよけるよね。まぁでも、転んで入院するくらいだもん。それくらいじゃないとねぇ？」

ねえ？と言われても、全くもって理解できない。

呆然としているうちに彼女たちはいなくなって、少ししてから芳賀さんが出てきた。

「松浦ちゃん、どうしたの、そんなところに……って、本当にどうしたの！」

最後は叫び声で突進してきて、芳賀さんの驚愕した顔を見上げる。

「えっと、ドアにぶつかって」

「今のすごい音を出していたの、松浦ちゃん？　ちょっと、鼻血が出てるじゃない」

「え。あ……」

鼻を押さえていた手を見ると、赤いものがこびりついていた。

「あいつらぁ……！」

芳賀さんがキリッと眉を上げながら呟いて、去っていった人たちを追う仕草を見せたから、慌てて彼女の腕を掴む。こんな調子の芳賀さんは怖いというか、危ない。

「芳賀さん、ティッシュください」

「ええ!?　ああん！　女なんだから松浦ちゃんも身だしなみとして持ってなさい！」

持ってはいるんですけど、こう言ったら芳賀さん、立ち止まるかなぁ……って？

案の定、芳賀さんは彼女たちを追うのをやめてくれた。バッグからティッシュを取り出して私の手を拭《ふ》き、それから鼻を押さえてくれる。

「大丈夫？　止まらないね。激しくぶつかっちゃったね」

あやすように声をかけてくれるのが、少し申し訳ない。

「鼻、曲がってませんか？」

「うん。曲がってない。でも腫れてきてる。どうしよう」

騒いでいたのが聞こえたのか、事務所から誰かが覗いていた。あ、と思ったときには遅くて、少ししてから野間さんと部長が出てくる。

部長は唖然として、血だらけになっている私を見下ろした。

「なにがあったんですか？」

「いえ、なにもな――」

「営業部の女子にドアをぶつけられたんです！」

私が言い終わらないうちに、芳賀さんがキッと部長を振り返り、彼は眉を上げる。

それからまた私を見下ろして、人差し指を一本立てた。

「何本に見える？」

芳賀さんと一緒になってポカンとするけど、部長は真面目だ。

「一本？」

「これは？」

今度は三本指を立てるから、不思議に思って部長をおずおずと見上げる。

……なにをなさりたいのでしょうか？

「……頭おかしいんじゃないか、みたいに不思議そうな面してるが、ちゃんと答えろ。お前は頭を打って、一日とはいえ入院したんだから」

真面目な表情で肩に手を置かれ、納得した。

頭も打ったのかと思われてる？

「鼻を強打しただけです。だから大丈夫ですよ」

鼻をティッシュで押さえながら半笑いすると、咎めるような視線に落ち込む。

えーと、怒らなくてもいいと思う。

「それなら何本か答えろ」

「三本。本当に大丈夫です。ちょっと腫れてるらしいですから、いつも以上に不細工になっちゃいましたけど」

「俺は別に構わない。とりあえず小鼻を押さえて……」

言いながら、部長は野間さんを振り返る。

「野間、事務所から椅子持ってこい。それから芳賀はロッカールーム閉めろ。開きっぱなしは俺がいたたまれない」

「大丈夫ですよ。私で最後でしたから……」

芳賀さんがどこかぼんやり呟きながらロッカールームを閉め、野間さんが事務所からいそいそと椅子を持ってくる。それに強制的に座らされ、腕を組んで見下ろされた。

……やっぱり怒っているような気がする。部長の雰囲気が怖い。

「松浦、俯くな。ちゃんと真っ正面を見て押さえていろ」

「上原部長、軍隊じゃないし。あなた、鬼軍曹じゃないんだし」

野間さんが呟くと、部長は少しだけ情けない顔をして、それから私の目の前にしゃがみ込む。

じっと見つめられ、それを見つめ返して、瞬きしながら首を傾げた。

これは間違っていなければ……。

「もしかして、私は心配されてますか？」

「当たり前だろうが」

そ、そうですよね。鼻血って、いわゆる怪我だもんね？

「お正月の祟《たた》りなのかもしれませんね」

鼻を強打して鼻血って、私が部長にしてしまった所業だよね。でもあれは年末？

どっちだったかな。

「アホ。あれは事故だ。俺は気にしてない」

「それはそうでしょうけど……。床汚しちゃいましたね」

見ると、床にもポタポタと赤いものが落ちている。部長はそれを眺めて、首をゆるゆると横に振った。

「まぁ、軽いスプラッタだな。拭けば大丈夫だろう。それより」

こそっと私の鼻の様子を見て、部長と野間さんが顔をしかめる。

「冷やした方がよさそうだな」

「給湯室の冷凍庫に氷があるから、持ってくる」

野間さんが給湯室に走っていくのを見て落ち込んできた。

「本当に、私は鈍くさいですね」

「問題ないよ。今後、俺が気をつけてやればいいんだろう?」

私がこんななのに、部長が気をつけていても……。

「え……っ⁉」

芳賀さんの声に、私と部長は顔を上げた。

芳賀さんは私と部長を交互に指差し、それからあんぐりと口を開けていく。これはなにを想像しているのか、私にもわかりやすい。

静かにそれを眺めていた部長が、ゆっくりと微かに苦笑した。

「たぶん、芳賀の推測は間違っていないぞ」

まさかの、ここでカミングアウト?

すごいタイミング過ぎて、戸惑うべきか恥ずかしがるべきか迷う。恥ずかしい方が勝るかもしれない。

「えぇー! いつから? 付き合っているとか、そんなそぶり、なかったじゃ……」

そう言いかけて、芳賀さんは困ったように部長の顔色を窺う。

「ところで芳賀、お前は今日、合コンじゃないのか?」

部長が何気なく芳賀さんを見ると、彼女は横に首を振った。

「幹事じゃないのでいいです。それに、そういった種類の飲み会じゃないですから。そもそも合コンなら、初心者な松浦ちゃんを誘いませ……」

芳賀さんはまた言いかけて、なにかを思い出したのか、急に眉間にしわを寄せた。

「そのことで今日、松浦ちゃんを相談ブースに呼び出したんですか?」

「まさか。俺は公私混同はしないぞ」

心外だ、とでもいう感じで言うから、私は部長に呆れた視線を送る。

しっかり『なんで断らないか』を詰めてきたくせに。

パタパタと急ぐような足音が聞こえてきて、野間さんが氷の入ったビニール袋を持ってきた。

ハンカチに包まれた氷嚢《ひょうのう》代わりのものを当てられ、クスクス笑われる。

「こうしていると、小さい子供ねぇ、松浦さん」

はい。大人に介抱されています。

しばらくそうしていると鼻血も止まって、痛みも引いてきたので、ロッカールームに荷物を取りに行く。

戻ると、コートを着た部長と野間さん、それと芳賀さんが待っていて、なぜか皆でご飯に行くことになっていた。

「で、おふたりが付き合い始めたきっかけは、なんなんですか？」

皆でやってきた居酒屋。少しレトロモダンな雰囲気の店内で、私は烏龍茶、野間さんと部長はビール、それから芳賀さんはカシスオレンジというチョイスで飲み物が届くと、さっそく芳賀さんが目をキラキラさせながら部長を見た。

「どうして僕に聞くんですか。普通は松浦さんに聞く内容でしょう、それは」

落ち着いたのか、さっきまで〝上原さん口調〟だったのに、打って変わっての冷静な視線と口調は〝普段の部長〟だ。私には部長の豹変スイッチが謎過ぎる。

「松浦ちゃんに聞いて、答えてくれるとは思わないですよー」

気にした様子もなくニコニコとしている芳賀さんを静かに眺め、それから私を見て、部長はくるりと目を動かすと頷いた。

「それは……否定できませんね」

私も否定しません。だって、きっかけとか言われても、曖昧だと思う。

やっぱりハロウィンだろうな。私も部長がなんて言うのか気になる。

「おい……どうしてお前がワクワクしてんだよ」

部長の冷たーい視線が私に向いて、野間さんと芳賀さんが目を丸くした。

「え。今、松浦さんはワクワクしていたの?」

「普通に松浦ちゃんは無表情でしたよね」

「無表情でもないだろ。よく見てみると、少し身を乗り出して……」

言いかけて、部長は急に真顔になった。

「とにかく、それはどうでもいいです。早く注文決めましょう」

メニューを涼しい顔で眺め、口調も戻した部長にガッカリしたら、なぜか睨まれた。

もしかして、豹変スイッチは私が原因なのかな。とにかく、整った顔の人が睨みを利かせると、怖いんですけど。


それぞれ食べるものを注文して、いい感じで話しながら、皆がほろ酔いになった頃にお開きになった。

「じゃあ、お邪魔虫は退散しまーす」

どこかニヤリ顔の野間さんと芳賀さんを見送って、ちょっと疲れた表情になった部長を見上げる。

「ご馳走《ちそう》さまでした」

「いや。お前のは当然だが、どうして俺があいつらの分も出さないといけないんだ？」

「それは、上司だから？」

「まぁ、男だから、だろうな」

ふう……と息を吐いて、部長は私を見下ろした。

「腫れもだいぶ引いたか」

視線の先は私の鼻だ。触るとちょっと痛い。違和感もあるけど、鼻血は止まったから大丈夫だと思う。

「しっかし今日の感じからすると、お前の指導役に芳賀を選んだのは正解だったな。お前、めちゃくちゃ可愛がられてるじゃないか」

「はい。可愛がられています」

芳賀さんはとてもいい人。たまに男の人の話になると困っちゃうけど、仕事についてはとってもわかりやすく教えてくれるし、わからなければわかるまで根気よく教えてくれる。

歩きだした部長に自然とついていきながら、実際の歩幅の違いに感心してしまう。

思わず小走りになると、それに気がついて部長は小さく笑った。

「悪い。お前が小さいの、少し忘れていた」

「小さくないです。平均です！」

「あー……はいはい。でも、やっぱりいいな、お前は。普通ならそこで頑張らないで、歩くの速い、って不服言うところだぞ」

そうかな。そういうものなのかな。

「まぁいいか……」

部長は微笑みながら私の手を握り、それを自分のコートのポケットに入れて、ゆっくりと歩幅を合わせて歩いてくれる。

……手、手が握られているよ。それをポケットに入れられて、にぎにぎされている。

どうしたんだろう。とってもご機嫌じゃない？　部長、酔ってるの？

絶対にそうだよね。私は恥ずかしい。これはなに。繁華街で手を彼氏のポケットに入れられて歩くって、なんの落とし穴？

ぐるぐるぐる考えていたら、頭上からブハッと、いきなり咳き込むような音が聞こえた。部長が身体をふたつに折って身悶《みもだ》えて……笑っている。

「お前は嬉しいのか苦しいのか、怒ってるのか泣いてるのか、ハッキリしろ。複雑過ぎて読めねーよ」

「笑うなんて、ひど……っ！　だって、こんなことされた記憶がないんですもんっ！」

真っ赤になってプルプルしていたら、部長が急に笑うのをやめて、真剣な表情を見せる。

え。なに。私はまたなにか変なことを言った？

ドキドキしながら立ち止まると、部長も無言で立ち止まる。

「そうか。なら、もっとしないとな」

な、なにをですか？

そう思った瞬間に髪をかき上げられ、見上げた私のおでこにキスを落とされた。

びっくりしてパッとおでこを手で隠したら、楽しそうな部長と目が合う。

「ぶ、部長〜？」

「可愛いなぁ、本当。どうしよう。やっぱ待つのやめるか。俺任せになってるし、お
前を食べても問題ないな？」

「問題あり過ぎですから！　どーして食べられることを、私が了承したことになって
るんですか」

「え？　だって、俺の好きなもの食べていいんだろ？　お付き合いしてくれるってお

前は言ったじゃん」

瞬時に思い出したのは、相談ブースでの会話。

違う。あれはそういう意味じゃない。

慌てていると、部長が意地悪そうな顔をしながら、ゆっくりと口角を上げていく。

「だからお前は箱入りなんだよ。つけ込まれるだけだぞ？」

「す、隙を見せなければいいんですね！」

なら、見せない！　隙がどこにあるかはわからないけど、絶対に見せない！

「無理、無理。気取ってるときでさえハチャメチャだから、今さらってやつだよ」

「いつ私が気取りましたか！」

「主に仕事中」

ポツリと呟いて部長はまた歩き始めるから、つられて歩きだした。

「付き合いだしたきっかけなら、俺がお前の意見を無視して押しきったからだろ？」

何気なさを装う感じで繋がれた言葉。とても静かな調子で言われたそれに、隣を歩く部長を黙って見上げた。全く交わらない視線に首を傾げる。

「もしかして、拗ねてるか照れてます？」

「お前はどーして、ふたりきりになったらそうやってズケズケと饒舌《じょうぜつ》になるんだよ」

軽く睨まれて、言われた言葉に目を丸くした。

ズケズケと言っている気はしなかった。言われてみれば、男の人に向かってこんな風に話をしたことがない。世間一般的なことを言う機会があれば言っていたけど、男性と会話が成立した試しはあまりなかったから。

でも、高井さんとも普通に会話できたよ？

高井さんは男の子が好きらしいから、途中からは女友達と話している感じになった覚えもあって、特殊だとは思うけど。

部長とは、ちゃんと会話になっているなぁ。それは部長が私の話を受け止めて、きちんと聞いてくれているのがわかるし、話しやすい。

ちょっと気心が知れているから安心して……でも、それって、とっても親しい間柄の言葉に聞こえる。

だって〝上原部長〟は、今は私の〝彼氏〟だし。

私の〝彼氏〟だから気心が知れていて当たり前……って、改めて考えたら恥ずかしくなってくる。

「どうした。急に真っ赤になって」

バチッと目が合って、驚いたような視線と、私の慌てたような視線が交わった。

とりあえず彼氏と彼女になったわけで。部長は少なくとも私を嫌いではなく、好きだとわかっているから、つまりは私自身が部長に気を許して……?

ああ、パニックですー!

「今、お前の頭の中を覗いてみたい気がする」

どこか遠くを見るように見つめられて、手を強く握られた。

「それで、お持ち帰りしてもいいのか?」

私のキョトンとした視線と、部長の困ったような視線が交わった。

「俺、そういうことをしたいって宣言したんだが?」

そ……そそそうですね! 今はなにより、すごいことを言われたんでしたね! でも、それは改めて聞いてくること⁉

「こ、心の準備がまだです……!」

「あ、そう」

なんだか疲れたような返事を受けて、しばらく歩き続ける。

ちょっとだけ拗ねたような顔をしているのは、気のせいじゃないと思う。だけど、それを聞いてはいけない気もするし。

「嫌じゃ……ないんだな?」

「へ……？」

唐突に呟かれた言葉に、私が気の抜けた返事をしたのは仕方がない。

「嫌じゃ、ないんだよな？」

聞き直されて困ってしまった。

嫌か嫌じゃないか、それだけで言うと、たぶん〝嫌じゃない〟から、どうしよう。今の話からすると、聞かれているのは、紛れもなくエッチな話だよね？　大丈夫です、とは言いにくいです。

「それとも、お前は……俺と〝付き合う〟のは、嫌か？」

どこか窺うように低く問う部長の様子に、瞬きを返す。

「……あ」

そ、そっちでしたかー！　過去最高にピンクな勘違いをしてしまったよ！

それならそうとハッキリ聞いてくれないと困っちゃ……いや。ハッキリは聞きにくいし、聞かれたくない。

「今のは全くわからない。どうしてお前は真っ赤になったり真っ青になったりしている？」

「部長、お願いだから、人の顔色から察しようとしないでください」

「だってさー……」

部長がいきなり疲れたように話し始めるから、目を丸くした。

「俺の方が先に告って、付き合っても〝とりあえず〟で、いまだにふたりになっても部長呼び。しかも、お前はあんまりしゃべらない」

拗ねたようにズラズラと言われて、目を点にする。

「お前が怪我してるのに見てるしかできなかったし、俺が動かなかったら一向に飯も食いに行けないし。せめてふたりになったときくらい、名前で呼べっつーの」

これは間違いなく、不服申し立て。もう、わかりやすいくらい向こうを向いて言っているけど……。

「つまり、上原さんは不安だと」

「当たり前だ!」

キリッと振り向かれて、吹き出した。

「笑い事じゃないぞ。一応俺の方が年上だし、あまりぐだぐだ言ってたらカッコ悪い。だいたい、言っただろうが。待ち構えてる方だって」

確かに〝待ち構えてる〟って話はあったかもしれないけど、それを私に要求されても困ります。

「私、ぐいぐいいくタイプに見えますか？」

悪いとは思いつつ、どうしても笑いながら、部長……上原さんを見上げると、ちょっぴり顔を赤くして視線を逸らされる。

「わかってる。それはわかってるから困る」

ムスッと言われて、首を竦めた。

「……ごめんなさい」

「いや。謝るな。自分でもガキっぽいことを言ってるのもわかってる」

またプイッと顔を背けられるから、ちょっとだけ困ってしまった。

いい大人も拗ねるんだな。

だから繋いだ手のひらをキュッと握ったら、驚いたように見下ろされる。

「上原さんは、直接言ってくれるから助かります」

「そうか？」

「私、ひとりしか付き合ったことないし……」

それだって、その人からすると〝かわいそう〟だから付き合ってくれていたらしい。

「戸惑いはしますけど、嫌じゃないです」

微笑むと、上原さんは少しだけ目を丸くして、そして照れくさそうにはにかんだ。

「……悪い。少し愚痴ったな」

「私も、頑張ってしゃべるようにします」

それからふたりでタクシー乗り場まで歩きながら、他愛もないおしゃべりをして過ごす。そうしていたらなんとなく話し足りなくなって、近所のファミレスに誘った。

「俺は、白馬の王子様にはなれないぞ」

真剣な表情で、宣言するように、かなり唐突に言われてキョトンとした。

もしかして、私が童話好きだから出てきた発想？

確かに、王子様は白馬が似合う。いつか素敵な王子様が……って、私が思っていたのも事実。

いろんなことが見抜かれていたらしくて、赤面するしかなかった。

人それぞれ

一月があっという間に過ぎて、二月。

「営業部から計上が違うって、クレームが来ました」

事務所に戻ってくるなり怒ったような幸村さんの言葉に、経理部の皆が顔を上げる。

営業部から計上ミスを指摘されることは珍しい。それは主に、ベテランである瀬川主任が担当することが多くて、上原さんも二重チェックして提出するからだ。

「どの書類の計上に相違がありましたか？」

上原さんと瀬川主任が立ち上がり、幸村さんの持つ書類を覗き込む。

「ここと、この数値が申請と違うって、二課の方が」

彼女が指摘する箇所を視線で追い、それから手持ちのタブレット端末を確認して、上原さんが眉をひそめる。

「この数値が不正解だと言うのであれば、もとのデータから不正解です」

ポツリと呟いた彼の言葉に、幸村さんがカアッと赤くなって眉を吊《つ》り上げた。

「じゃあ、私は怒られ損ですか？　二課の課長に怒鳴られたんですけど」

「最終責任者は僕です。幸村さんはなにを言われても『確認して折り返す』で通しなさい。二課の課長はいつも頭ごなしだから無視して結構。こっちに任せなさい」

幸村さんから書類を受け取り、上原さんはデスクに戻ると内線を使い始めた。その一連の行動を見守っていた芳賀さんが感心したように彼を見ている。

「どうかしましたか?」

不思議に思って聞くと、芳賀さんは私を見ながらニヤニヤしている。

「あ。いや、うーん。部長、話し方が男らしく変わったなあって」

「そうですか?」

真面目な顔をして淡々と話す姿は、特に変わりないと思う。

ぼんやりしていたら、幸村さんが氷のような冷たい雰囲気で席に着いた。

「あなたたちも気をつけなさい。営業部、ピリピリしているから。それと、松浦さん」

「は、はい!」

ビクつく私を眺め、幸村さんが目を細める。

「営業部の雑魚《ざこ》に、ドアをぶつけられたんですって?」

営業部の雑魚……。

ポカンとしていたら、小さな舌打ちが返ってきた。

「営業部の人間に怪我させられて、どうして黙ってんのよ。あなたは私の後輩なんだから、ちゃんと言いなさい」

あの。おっしゃっている意味がわかりません。

「芳賀さんも芳賀さんでしょう。見ていたなら、どうして取っ捕まえないの。ツメが甘いのよ。仕事も甘いけど」

同じようにポカーンとしていた芳賀さんが、睨まれて硬直している。

「あなたたちの仕事を見ていたら、なあなあで腹が立つ」

そう言った瞬間、背後で上原さんが吹き出した。振り返ると内線電話は終わったようで、彼はデスクに肘をつきながら手を組み、その手の上に俯いている。

「なるほど。ツンデレは健在ですか」

ツンデレ？　どういうこと？

「部長！　失礼ですから！」

幸村さんが猛然と抗議すると、上原さんは意地悪く笑いながら顔を上げた。

「いや……安心しました。よかったな、松浦さん」

「あの、なにがですか？」

「幸村さんは自分がキツイことを言っても、松浦さんが他人にキツイことをされるのは許せないようだ。芳賀さんが飴で、幸村さんが鞭《むち》でしょう」

そうなの⁉ 私、気づかないうちになにかやらかしちゃって、幸村さんには嫌われているとばかり思っていた。

「ありがとうございます……」

「ありがとうじゃないのよ! あんたすぐに芳賀か野間さんばかり頼って! 経理のお局《つぼね》は私でしょう⁉」

「ちょっと待ちなさい。それって、総務のお局様は私だって言いたいの?」

気がつけば、通りすがりの野間さんが幸村さんの背後に立って、壮絶な笑みを見せている。

オロオロとしながら一気に青くなった幸村さんを初めて見た。

「ちょーっと聞き捨てならないわね。幸村さん、お局様らしく、時代的にトイレに呼び出しとかかけようかしら」

「え。さすがに冗談ですよね?」

ポカンとする私と芳賀さん。笑い続けている上原さん。焦った幸村さんと怒っている野間さん。ワイワイしていたら、遠くから人事部長の恫喝《どうかつ》が入った。

「お前ら、騒ぐなら表でやれ!」

ごもっともだと思う。

「いやー。昼間はウケたな」

皆で仲よく、したいわけでもないのに残業中。上原さんは上機嫌に笑いながらも、パソコンとタブレットを見つめている。

「ほとんど部長のせいですからね。ああもう〜。これ、明日までなのに」

幸村さんは眉間にしわを寄せ、テキパキと分厚い伝票整理。

「……僕は騒いでいないのに注意を受けたんですよ？　とばっちりじゃないですか」

瀬川主任はファイルをめくり、営業部からのクレーム……実際には、訂正前の書類を持ってきた人が悪いけど、それを直しつつぼやく。そして私と芳賀さんが、それぞれ書類を分けて黙々と打ち込み。本日、私より無口でのんびり屋の沢井さんは有休でいないから、結果として経理部の全員が残業している。

実はあの後、ガッツリ人事部長に注意を受けた。

上原さんクラスでも、このフロアで一番年上である楢崎《ならさき》部長の雷がガンガン落ちてきていて身を縮めていたから、寿命も縮むような気分になりました。

「でもまぁ、こういう残業は久しぶりですよね。上原さんが部長になってから、残業も減っていたのに」

瀬川主任が小さく笑いながら、上原さんを見る。

「お前らのペース配分が悪い。心配しなくても今期の決算は残業確定だぞ？」

彼は片方の眉を器用に上げながら答えて、ニヤニヤ笑った。

上原さんの口調がざっくりフランクに聞こえる。ふたりでいるときにはいつもこの口調だから気にしていなかったけど、仕事中に珍しい。

私がパチクリして顔を上げるのと、幸村さんが目を細めて彼を睨むのとは、ほぼ同時だった。

「部長。いくらもう経理しかいないからって、仕事中にその口調はやめてください。それに無駄口叩いてないで、真剣に仕事してください」

彼女にピシリと言われて、上原さんは笑いながら首を竦める。

今ここにいるのは私たちだけで、総務も人事もいなくなっていた。経理部の面子は揃っているのに他の人がいない事務所は、違和感があってよそよそしく感じる。

上司を仕事中に叱りつける平社員もどうかと思う。だけど幸村さんの言葉は間違っていない。上原さんと幸村さんって仲がいいみたい。

それもそうだよね。だって私の先輩の先輩だから、それだけ部長とも過ごしてきた時間が長いし、瀬川主任だって〝部長になる前の上原さん〟を知っているはず。

考えていたら、胸の中がチリッと痛んだ。

「松浦さん、手が止まっているじゃない」

今度は私が幸村さんに注意を受けて、ハッとする。

「す、すみません」

それから黙々と仕事をこなして、明日締め切りの分の仕事を終わらせてから、キリのいいところで手を止めた。

「幸村、それは納期、一週間後だろう。そこまでついでにしなくていいぞ?」

「明日は用事があるので、残業したくないんです」

幸村さんの後ろに立ち、モニターを見ながら声をかける上原さんと彼女の何気ない会話を聞きつつ、また胸の奥がチリチリする。

「いや、だから、納期は一週間後だろう?」

「一週間後はバレンタインです。女はそれまでの間の下準備が大変なんですよ」

「え。幸村、俺にもチョコくれるのか?」

「部長にあげてどうするんですか。彼氏にあげるに決まっているじゃないですか」

ついポロッという感じで出てきた言葉に、私は目を丸くして、芳賀さんがキラキラと瞳を輝かせて立ち上がる。

「幸村さん、彼氏いるんですか!」

「いるんですか、って、あなた失礼ね」

「だって、クリスマスはデートしてた風じゃなかったし、いるそぶりも全くなかったじゃないですか!」

「クリスマスイブにデートするとは限らないでしょう、お互いに仕事をしているんだから。それに、年中お花畑の芳賀さんにバレたらうるさそう」

芳賀さんのウキウキした様子を見て、幸村さんの言葉に納得してしまう。

「人の恋バナって楽しいじゃないですか! どんな人か教えてくださいよ、減るもんじゃないんですし」

「減るような気がするから嫌。では、お疲れさまでした」

話している間にパソコンの電源を落としていたらしい幸村さんは、立ち上がって退勤をスキャンすると、さっさと事務所を出ていった。

「えー。教えてくださいよ~」

芳賀さんも負けじとパソコンの電源を落とすなり、彼女を追って事務所を出ていく。

後に残された瀬川主任と上原さんと私で顔を見合わせ、それから吹き出した。

「確かに、芳賀さんは年中頭が花畑だな」

「いやぁ、幸村さんも丸くなりましたねぇ。彼女も近々、寿退社ですかね」

「瀬川は？　お前もそろそろ三十歳だろう？」

上原さんと瀬川主任の会話を聞きつつ、私もパソコンのシャットダウンをクリックし、画面が消えるのを確認してから立ち上がる。

「僕は彼女もいませんし。僕より、部長たちの方が早いんじゃないですか？」

「え……」

上原さんが笑顔で固まり、私は彼の言葉のおかしさに眉をひそめる。

今、『部長たち』って言った？

瀬川主任は平然と私と上原さんを見て、くりっと首を傾げた。

「違いました？　松浦さんと付き合っているんでしょう？　いいんですけどね、松浦さんを寿退社させるのは決算期を乗りきってからにしてください。大変ですから」

瀬川主任はそれだけ言うと、コートを羽織って事務所を出ていった。残された私たちの視線が交わる。

「……可南子、めちゃくちゃ顔赤い」

「見ないでください～」

両手で顔を隠してブンブンと首を振ったら、笑い声が聞こえてきた。

「思わぬところから言われると、案外照れるもんだな」

「思わぬところから言われ過ぎです。恥ずかしい」

瀬川主任は上原さん以上に真面目に仕事している……だけの人だと思っていたのに。

「……とりあえず帰るか」

「はい。そうしましょうか」

私がいたら、事務所の鍵を閉められないね。

小走りでタイムカードをスキャンして、ドアを開けてから後ろを振り返る。

「お先に失礼します」

「ああ。駐車場で待ってる」

驚いて、コートを持って近づいてくる上原さんをまじまじと見つめた。

「送ってくれるんですか？」

「夜も遅いし、今日は車。問題はないだろう？」

ないですけど。ちょっぴり照れちゃうのは、どうしてなんでしょう？

出入口近くのライトパネルを操作する彼が、不思議そうな表情で私を見下ろす。

「学生デートっぽくて楽しいだろう？　もうちょっと早く終われば、夕飯でも食って帰ろうかってなるが……そうすると飲みたくなるしなぁ」

車なのに飲酒運転は言語道断です。でも、一緒にいたいと思ってくれているのかな。

「ご飯、作りましょうか？」

「えっ⁉」

驚かれて、驚きを返す。

私はなにか変なことを言った？　言っていないと思う。

「え～……と。じゃあ、俺のうち来るか？」

どこかソワソワし始めた上原さんを見て、ハッと気がついた。『ご飯作りましょうか？』って、思いきり家に誘っちゃっている。

彼は気を遣って学生デートのノリでいてくれたのに、いきなり私が大胆にも爆弾発言しちゃったよ！　どうしよう、撤回できる？

葛藤していたら、彼はぷっと吹き出した。

「あー……わかったわかった。お前のうちな？」

「あの、いや。えーと、えーと」

「いい。気にするな。食材代くらいは払うぞ」

焦る私に苦笑する上原さん。しばらくの沈黙が落ちて、やっぱり笑われた。

「ところで、なに作ってくれんの?」

「な、なにかいいものが売っていたら」

「じゃ、荷物持ってこい。外は寒いからな?」

そう言われてそっと肩を押されたから、無言でロッカールームに向かった。入ると誰もいなくて、電気をパチリとつけると、ガランとした空間が広がる。

芳賀さんも幸村さんも、早いなぁ。

ぼんやり思いながら、コートとバッグを持ってロッカールームを出た。


それから彼の運転する車に乗って近所のスーパーに寄り、買い物をしてから、私の家に帰ってナポリタンとスープを作る。

皿を置くと、嬉しそうにしている上原さんを眺めた。

「うわ~。なんか懐かしいなぁ。いただきます」

手を合わせ、スープを飲み始める。

「上原さん」

スープカップから視線を上げる彼に、真剣な顔を向け……。

「私にチューできますか?」

上原さんは盛大にスープを吹き出した。

やっぱり、そうなると思いました。元彼だって私にキスはしなかった。

生理的に受けつけない、とか言われるような顔をしている私だもん。顔の造作がちゃんとしていないと、無理ってことだよね。

「じゃあ、頑張ってメイクし直してきます」

「ちょっと待て！ いきなりなんだ、お前は！ キスできるか聞いてきたと思ったら、メイクするとか」

立ち上がりかけた私の手を掴んで、彼は口もとを拭きながら怒ったように叫ぶ。

だってさ、メイクし直したら、私みたいな顔面をしていても少しは見られるようになるんじゃないかと思う。

掴まれた手を見下ろして、放してくれそうもないから仕方なく座り直してテーブルを拭く。

「エッチするとき、キスしないのは寂しい」

「はぁ!?」

『はぁ!?』とか言わないでほしい。元彼は確かにムードを作ってくれたし、エッチもしたけど、チューはしなかった。

「とりあえず、食べます」

掴まれていない方の手でフォークを取って黙々と食べ始めたら、いきなりおでこに手をかけられて、上を向かされた。

「……なんですか」

「ふて腐れるな。猫背になるんじゃない。正々堂々としろ。身体だけ大人になりやがって」

言葉は乱暴でも、低く響く声はとても落ち着いていて、どこか優しく感じる。

「すみません……」

「別に謝ってほしいわけでもないよ、馬鹿」

デコピンをくらって、反動で後ろに反り返る。

め、めちゃくちゃ痛い！

涙目になって上原さんを見ると、まっすぐ過ぎる視線に目が離せなくなった。

どうしよう。ドキドキするし、視界がクリアだから前髪も全開なんだろうけど、直すのも気まずい。なんでこんなに緊張するんだろう。

いや、相手は大人の男の人。普通に緊張する。

お互いに黙って見つめ合って、しばらくしてから諦めたように彼は笑った。

「キスは、してないんだな？」

彼の笑顔で視線の呪縛は解けて、私はそよそよ～っとキッチンの方を確認するフリをする。

「お茶、飲みますか？」

「飲まねぇよ、馬鹿。話を逸らそうとするんじゃない」

「馬鹿は傷つきますから」

ブツブツ言って視線を戻すと、呆れたような表情と出くわした。

「呆れなくてもいいじゃないですか」

「呆れるだろ。キスはできるぞ、したいしな。だけど今はしない」

できるけど、しない？　それはどうして。

キョトンとしていたら、部長はナポリタンを食べ始めた。

「うまい」

「あ、ありがとうございます……」

「お前は自炊派なんだな。ひとりだと作らないやつが多いだろ」

私だって、仕事で疲れていたり、面倒くさかったりして作らないときもある。

「スーパーのお惣菜《そうざい》やコンビニ弁当だと飽きちゃうんです。それに、ひとりでお店に食べに行く勇気はありません」

「ああ。なるほど。俺は近所の商店街の惣菜だな。うまい定食屋もあるし」

そのまま、まるで〝キス〟の話がなかったかのように会話をしながら食べ終わり、食器を片づけ終わると、ふたりでテレビを観始めた。

恋人同士の関係で、ご飯食べました、じゃあさようなら……はないと思うけど、今さらながら緊張がぶり返す。

だって、狭いワンルームの部屋。ベッドを背もたれにして、ふたりで並んで床に座っているのって、親密過ぎてドキドキする。

そして背後、触れるか触れないかの位置に部長の腕。余計に心拍数が上がっていく。

「ガッチガチだな？　なにをビビってんだよ」

「緊張してます」

「あー……今日はなんもしねえよ」

からかうようにうっすら笑いながら言われて、瞬きを返した。

今日はしないの？

いや。しないの？って、期待しているみたいじゃない！　違うもんね！　そんなことはないもんね！

「それで、緊張してたかと思ったら、今度はなにをいきなり慌ててる?」

「私は、き、期待したわけじゃないですから!」

そして落ちる沈黙。バラエティ番組特有の、空々しいまでの笑い声がドッとテレビの中を賑わせて、その前での無言は違う形で緊張を強いられる。

しばらくすると、部長は大きく大きく息を吐いた。

「お前、ちゃんと考えて話してないだろ」

「い、いっぱい考えました!」

「この状況で〝期待してません〟発言は、いろんな意味になるぞ?」

真剣な表情と声音で言われたから、思わず正座をして上原さんに向き直る。

「最低、ふたつのパターンがあるだろ。本当に期待してないのか、本当は期待してたのに虚勢で言ってんのか」

「本当は期待してたのに、虚勢で?」

「もしかして期待してたんなら、遠慮なーくいただくけど」

遠慮なくいただかれたら、私はびっくりする。

「でも残念ながら、お前の部屋じゃ用意がない」

用意って……なんの用意?

「さすがに〝できちゃった〟は大人として問題だろ？」

眉を寄せて言われた言葉は一瞬で理解した。両手で顔を隠してうつ伏せになる。

そうだよね。避妊とかちゃんと考えないとね！　上原さん偉いよ。でも男の人って、常に財布の中とかに隠し持ってると思ってた！

「だから、顔隠すなって……」

「隠します！　恥ずかしいです！」

「そのうち、もっと恥ずかしいことするだろうに」

ガバッと起き上がって、なぜか偉そうにしている上原さんを睨んだ。

……本当にあなたって、俺様かガキ大将みたいだ。そこそこ意地が悪い。

考えていたら手が伸びてきて、両脇を持たれると引き寄せられた。そのまま抱き込まれて、あぐらの上に座らされる。

「上、原さ……？」

「お前は、俺に期待していいんだよ。だが……タイミングは俺に任せてもらえるか？」

すぐ近くに彼の優しい微笑みがあって、ちょっぴり照れたように視線を外される。

「俺も彼女ができたのは久しぶりだから、少し待て。ゆっくりいこう。お前はどうせ、まともなデートもしたことないだろ」

「海にも行ったし、遊園地にも行きました！」

「それはしっかり、ふたりでか？」

彼の視線が戻ってきて、今度は私が視線を逸らす。海と遊園地は、元彼のサークルの集まりに呼ばれただけだ。

「ク、クリスマスに、ご飯も食べたも――」

「それは下心が見え隠れするから、カウントに入れるな」

カウントに入れなかったら、上原さんはともかく、本当に男性とふたりでデートに出かけたことがなくなってしまう。

そこまで考えて彼の意図に気がつくと、普段通りの真面目な顔を凝視する。

「教育的指導とかじゃなくて、ちゃんと、ふたりきりのデートをしてくれるの？」

「ふたりきりじゃなきゃ、デートって言わないんじゃないのか？　だいたい今夜のこれも、お部屋デートとかって女子は言うんだろ？」

優しく指先で頬を突かれて、くすぐったさに思わずはにかむ。

そっか、こういう風に自宅でご飯を食べるのもデートのうちに入るんだ。知らなかった。嬉しい。いやぁ！　どうしよう、すっごく嬉しい！

でも彼は私の喜びには気づかずに、眉間にしわを寄せていた。

「って言っても仕事帰りじゃ、お前と違って俺は残業多いし。待たせるのも悪い」

幸村さんではないけど、〝お互いに社会人だし〟ね。でも、それだってちゃんと考えてくれているって感じで嬉しい。

そしてやっと、私の様子に気がついた上原さんが訝《いぶか》しむような顔をした。

「テンションが上がるような話はしてないが？」

「ギュッてされてる！　待ち合わせデートできる！」

そして、目が点になっていく上原さん。とても不思議そうにしている。

「嬉しいのか？」

自分でも目がキラキラしているのはわかるから、コクコクと頷く。

「待ち合わせって言っても、単に俺が遅いからだけど」

でも、私を迎えに来てくれるってことじゃない。元彼は、私が迎えに行かないと帰っちゃっていた。

「触れてはいたいから、こんな感じに抱きしめてるだけだし……」

とても温かくて気持ちいいです。

「人肌って安心します」

「いや、安心するなよ。せめて少しは興奮っていうか、ドキドキ？　しないか？」

「しますよ。上原さんもしているじゃないですか」

丸くなって、彼の胸にピトッと耳をつけてみると、結構なドキドキ加減だと思う。

「お前ねー……」

チラッと視線を上げると、困ったような焦ったような、そしてなんだか喜んでいるような、複雑な表情を浮かべる上原さんがいた。

……こんな顔もするんだ。そう思っていたら、唐突にまた引き寄せられて身体が密着する。

「く、苦し……っ！」

そう感じたのは一瞬で、カプリと耳朶を甘噛みされて、背筋をなにかが走り抜けた。

「ひゃ……んっ」

耳もとに感じるのは彼の吐息。ゾクゾクしながら、そっと身体を離されて覗き込まれる。そしてひとこと。

「楽しみだな」

な……なななななにが⁉

パニックになる私を座り直させ、上原さんは笑いながら立ち上がった。

「んじゃ、俺はそろそろ帰るな？　鍵、閉めろよ？」

脱いでいたジャケットとコートを持つと、スタスタと玄関に向かう。それから振り返って、私に軽く手を振ると部屋を出ていく。ガチャンとドアが閉まる音が響いた。

この場合、『ちょっと待てー！』と普通の女子は言うと思う。私も言いたい。

これって、もしかして放置された？　放置プレイとか、そういう類のものですか？　人を思いきり抱きしめて、耳をかじって、当人だけは清々しく微笑んで、何事もなかったかのように帰るって、ありなんですか？　私はめちゃめちゃ変な声を出して……って、『楽しみ』ってなに？　えっと、エッチなことが楽しみ？

違うよね。だって私は大した経験ないもの。初エッチだって、どうしていいかわかんなくてオドオドしながら、丸投げして〝お任せ〟しちゃったもの。

だから、普通なら私の心の準備を待つのは、上原さんの方だと思うけど。

私が『待て』とか言われたし。上原さんって……全然わからない人だ。

噛まれた耳を押さえながら真っ赤になって、それでも真剣に考えた。

「え？　部長ってどんな人か？」

私の質問に幸村さんが奇妙な表情をして、芳賀さんがご飯を喉に詰まらせる。

今日は芳賀さんに誘われて、近所の喫茶店風のレストランのランチに来ていた。

芳賀さんの言葉を借りたら〝女子会ランチ〟らしい。幸村さんとご飯は初めてで緊張する。彼女はお仕事に真面目な自称お局様。経理部って、実は変な人の集まりだということを知ってしまった。

「部長かぁ。部長のことは瀬川主任に聞いた方がわかるんじゃない？　瀬川主任って、確か部長が教育係だったし。私は違う先輩だったから。いきなりどうしたの？」

幸村さんがランチのサラダをつつき、芳賀さんが視線を逸らし、私はタマゴサンドをかじってモグモグする。

『どうしたの？』って、いろいろある。

「最近の部長は浮かれているような気がするけど、それが不思議なの？」

何気ない幸村さんの呟きに、芳賀さんはコーヒーを飲んでむせた。

芳賀さんは絶対に隠し事ができないタイプだよね。とりあえず、聞いてしまったからには、当たり障りのなさそうな話をしてみよう。

「部長、この間、私にキャンディをくれたんです。ミルクキャンディを私に……」

結構前の話だけど、そう言った瞬間に、幸村さんが大爆笑し始めた。

「……部長がミルクキャンディ持ってるのが、私には想像つかない」

芳賀さんは呟き、幸村さんが片手を振る。

「私はそっちで笑ってるわけじゃないの。部長が甘党なのは昔からだから、デスクの袖机にいつもお菓子が入ってるのは知ってる。でも、松浦さんは部長から甘いものをもらったのね？　そっかそっか。それで最近の部長はニヤついてるんだ」

幸村さんが笑っている意味が全くわからなくて、芳賀さんと顔を見合わせていると、彼女は水をゴクゴク飲み干し、私に向かってピシッと指を突きつけてきた。

「部長が甘いものをあげるって、親しい人か気に入った相手にしかしないのよ。もしかして松浦さん、部長に狙われてるんじゃない？　それとも、もう付き合い始めてるの？　最近の部長は間違いなく浮かれてるもんね？」

ニヤニヤされて、頭のてっぺんまで真っ赤になる。

どうしてそれがイコールになるのか、私には理解不能だよ？

だけど、幸村さんは意味ありげに頷いた。

「なら、営業部の女たちにはバレない方がいいね。事務所内の人間ならいいけど、営業には部長狙いの女もいるでしょうし。玉の輿《こし》狙いが多い部署だよね。っていうか、どうせ狙うなら、もっと大企業の遠縁を狙えばいいのに」

幸村さんの話に、私と芳賀さんはハテナマークを浮かべる。

「遠縁ってなんですか？　上原部長のことですか？」

芳賀さんが首を傾げると、幸村さんは当たり前のように、紅茶を飲みながら呟いた。

「部長って、社長の妹の息子じゃない。株主でもあるでしょ」

「え？　知らなかった！　部長って、経営者一族なんですか？」

芳賀さんが身を乗り出し、私はあんぐりと口を開ける。

「芳賀さんが入ってきた頃には落ち着いていたもんね。もとは営業部だったのが、いろいろあって経理に回ってきたって聞いたことある。私も先輩たちから聞いた話だけど。そっか、芳賀さん辺りからは知らないか」

「全然知りませんでした。だって、事務所じゃ単に真面目な上司ってだけですから〜」

社長の妹の息子で株主？　うちの会社が親族経営なのは知っていたけど、けど……。

芳賀さんと幸村さんの会話は耳に入ってくるものの、素通りしていって、思わず両手で顔を隠す。

「あれ。松浦さんも知らなかった？　ごめん。部長から聞きたかったとか、乙女チックな感じなの？」

困ったような幸村さんの声を聞きながら、芳賀さんが溜め息をついた。

「松浦ちゃんで、それはないですねー。この子の乙女回路は特殊ですもん。もうちょっと自分に自信持てばいいのに」

「そのようなハイスペックな人と、私はお付き合いできません〜」

顔を隠したまま叫んで、うつ伏せになったら沈黙が落ちる。

「なにこれ？　私、やらかした？　ちょっと待って、松浦さんってこんな感じの子？」

「玉の輿をラッキーって思える子なら、いじめの対象にならないですよ、幸村さん」

「私はいじめてないからね！」

そんな感じで、ランチの時間は終了した。

午後の仕事をなんとか終わらせると、ランチタイムから椅子にかけっぱなしのコートを着て、帰り支度をする。そっとタイムカードをスキャンした。

「お疲れさまです」

真後ろにいる上原さんに挨拶しないで帰ったら、何事かと思われるだろう。できるだけ見ないようにして呟いてから、急いで事務所のドアを開けて飛び出した。

途端、なにかにぶつかって反動で跳ね返り、ぽてんと尻餅をついて、すかさず背後から抱え上げられる。

「ナイス、幸人《ゆきと》」

耳もとで聞こえたのは、紛れもなく上原さんの声だ。

「社内で幸人はダメだろう。松浦さん、すまない。怪我はなかったか?」

目の前には専務が立っていて、上原さんは私を後ろから抱えているという構図……いろんな意味でなにかがおかしい。

「大丈夫だろ。ちゃんとケツからこけてたし」

ケツとか言わないでほしいですー。

「でも、泣きそうな顔をしてる」

前髪のカーテンなしに覗き込まれ、慌てて両手で顔を隠す。

「問題ないよ。逃げようとして逃げられなかったから、ショボくれてるだけだ」

上原さんの言うことが正解。だけど、抱え直されたと思ったら、耳慣れたタイムカードをスキャンする音が聞こえた。

「珍しい。上原は今日、定時上がりか？」

「少し用事ができたので」

空々しく他人行儀な専務の声に答える彼の声。

上原さんが定時上がり？　それは本当に珍しい……。

けど、キョトンとして私が顔を上げるのと、片手で抱えられて事務所を出るのとは同時だった。

「どーすっかなー。とりあえず、飯食いに行くか」

ちょっと待って、いつも通りの会話みたくなっているけど、私を抱えてそのセリフは間違っている。

目が合うと、どこか邪悪な笑みが返ってきた。

「昼休みの後から挙動不審だ。こういうことは、早めに手を打っておいた方がいいからな」

「あの、〝こういうこと〟ですか？」

「ああ。飯を食ってからにしよう。昼もあんまり食ってないって聞いてるから」

確かにランチはほとんど食べていないけど、『聞いてる』って、誰から？

「幸村の報告は素早いぞ。報告書ばりの書類で提出されて驚いたが」

幸村さぁん、私はもう少し考える時間が欲しかったですよ！

でもまさか、帰りと同時に拉致られるなんて思ってもみなかった。

これって社会人としてあり得ないですから！　誰かに助けを求めたい！

「野間に助けを求めんなよ？　専務が迎えに来たってことは、久しぶりにデートだろう。ちなみにあいつが堂々と誘いに来たんなら、うるさい営業の女子もいないようだから安心しろ」

ああああ、安心できるか〜！　でも、せっかく専務がお迎えに来てくれているデートを、私ごときが邪魔しちゃいけない。


あたふたしているうちに、上原さんを引き剥がすこともできず会社を出ると、向かった先は、彼のお兄さんの店だった。

「今日は車だから、烏龍茶ふたつでよろしく」

今日も小上がりに案内され、おとなしく座布団の上に正座をして、次々と注文していく上原さんを見つめる。

私を片手に抱えながら店に入ったときの、瑞枝さんとお兄さんのギョッとした顔。きっとしばらく忘れられない。もしかするとずっと記憶に残る可能性のある出来事だ。

本当に、どんな人なんだろう、この人は……。

「それにしても、幸村と仲よくなったな」

注文が終わると、温かいおしぼりで手を拭いてから上原さんはテーブルに肘をついた。どこか咎めるような視線を向けてくるから、そっと逸らして眉尻を下げる。

「仲よくといいますか、今日はたまたま芳賀さんに誘われて、一緒にご飯を食べることになったんです」

「それは悪くない。お前の世界は狭そうだし、いい機会だろう」

そうですよ。知っている人としか会話しなかった結果、たぶん、普通なら知っていると思われる情報も私は知らなかった。

「上原さんと専務って、従兄弟《いとこ》なんですか？」

「まぁ、そうなるな」

ニッコリしながら肩を竦めても、男の人は可愛くは見えないから！

口をパクパクしていると、上原さんはふっと力を抜いてネクタイを緩める。

「言っておくが、この会社での俺は立ち位置的にも下っ端だからな。株の話にもなったようだが、よーく考えてみろ。株式上場していても、まだまだ高値がつくほどの会社じゃないだろ」

確かに経理だもの、お金がどう動いているか、おおよそは把握している……。

いや。うん。その前になんていうか。

「平凡アピールする人は初めて見ました」

「幸人のことも、雲の上の存在扱いしているのが目に見えてわかったからな。これで親族とかバレてみろ、お前のことだから引くだろう……とは簡単に推測できる」

だからって、全力で普通を強調する人もいなんじゃない？　逆ならともかく。

そもそも、親族であることは変わらないじゃないか。私の知り合いで、親族のひとりが〝社長です〟って人はいない。

「うちだって普通の家ですもん」

「うちは平凡な家だよ。兄貴は小料理屋の店主だし」

そう言われて、カウンターの中のお兄さんを眺めた。

弟よりも無表情で、淡々と料理を作っているお兄さん。眺めていたらバチッと目が合ってしまって、慌てて顔を戻すと、今度は上原さんと視線が絡まる。

「じゃ、じゃあ、専務はお兄さんとも従兄弟なんですね。この間、素通りしていたような気がしましたが」

「ああ。クリスマスのときの話なら、そうだと思うよ。兄貴は駆け落ち夫婦だから、親族内じゃ行方《ゆくえ》不明者扱いだ。あいつも何年も会っていないし、たぶん、気がつかなかったんだろうな」

するっと飛び込んできたとんでもない言葉に瞠目《どうもく》すると、明るい笑い声と一緒に、烏龍茶と小鉢を置かれた。

「若かったのよ、お互いに。結婚に賛成してもらえなくて、飛び出しちゃったの。いまだに音信不通ってわけでもないのよ? 雄之君は昔からこうして顔を出してくれるし、最近はお父さんたちも来てくれるし」

瑞枝さんがさらさらと補足を入れて離れていく。それを横目に見ながら、上原さんは溜め息をついて腕を組んだ。

「まぁ、兄貴がここで店をやっているのを知っているのは、親族内でもわずかだ。そもそも、お前は俺の女なんだから堂々としていろ」

「ええ!?」

部長のその言葉に、いち早く反応したのは、なぜかお兄さんと瑞枝さんだ。

「水くさい。ちゃんとした彼女の紹介なら、紹介って言え」

「あら~。この間はそんな雰囲気じゃなかったのに。くっついたの? おめでとう」

お兄さんの言葉はともかく、瑞枝さんは『おめでとう』?

「まだそこまで話を詰めてないから、余計なことは言わないでくれ。こいつ今、幸人と従兄弟だってだけで、俺と付き合えないとかほざいてるし」

ああ……そこまで幸村さんは報告してしまっているのね。

遠い目をしていたら、上原さんは私に向かって微笑みかけてきた。

「でも、お前はちゃんと、付き合っているって認識してくれていたんだな」

嬉しそうな彼を見つめ返して、さすがに眉を寄せる。

「彼氏認識してない人に、ギュッとされて喜ぶ人はあまりいないです」

「敬語が抜けないのは仕方ないにしても、お前の愛情表現、わかりにくいぞ」

あ、愛情表現じゃないもん！　違うもん！　いや、愛情表現……？

そう思った瞬間に、一気に血の巡りがよくなって頭を抱えた。

あり得ない。どうして愛情表現になるの。

まずは好きからじゃないの？　いきなり〝愛情〟なの？

でも嫌いじゃないということは好き？　あーもう、身体中があっつい。

「でも私、部長にキュンとしてない」

「まぁ、そうだろうな。俺も大して本気出してない」

私の悩みに絡んでこないで！

キッと顔を上げると、上原さんはひんやりとした笑みを浮かべて目を細めているから、思わず身体を引いてしまう。

「俺が最初から全力を出してみろ。お前なら速攻で逃げ出しそうじゃないか」

「当たり前です。別に私は、リアルの世界になにか求めたわけじゃないですもん。楽しいことを見ているのは好きですが、見ているだけだから楽しいんです！」

「現実を見ろ、現実を。いつまでもおとぎ話の夢の中にいられると思ってんのか」

思ってないけど、夢見てほのぼの暮らしてたっていいじゃないか！

「最低限生きてます！」

「あのなぁ……！」

上原さんがそう言った瞬間、大きなげんこつが彼の頭に落ちた。

「……ってぇ」

涙目になって見上げたそこには、仁王立ちして無表情のお兄さんの姿。

「ふたりとも、他に客がいないからって、痴話喧嘩なら帰ってからやれ。迷惑だ」

静かな声が怖い。それでもお兄さんは、お刺身のお造りをテーブルに並べていく。

「すみません……」

「喧嘩は構わない。ただ、店の中だと困るだけだ」

仏頂面でスタスタとカウンターに戻ったお兄さんを見送っていたら、微かに舌打ちが聞こえてきて、上原さんを窺う。

完璧に拗ねて、そっぽ向いてるよ。

「ごめんなさい」

「気にしなくていい。お前が怒られたわけじゃない」

いや、私も怒られたと思う。

それきり黙っていたら、料理が次々に運ばれてきて、あっという間にテーブルが埋まっていく。

おかしい。私たち、こんなに注文していないよね。

さすがに異変に気づいた上原さんが顔を上げると、お兄さんたちはなぜかいそいそとコートを着ているところだった。

「兄貴、ちょっと待て。どこに行く?」

「出かける。留守番を頼む」

ガラガラと引き戸を開けて、お兄さんが瑞枝さんを振り返る。

「はあ?　無理に決まってんだろ。ちょ……っ」

「暖簾はしまっていくから。よろしくね?」

ニコニコと瑞枝さんが言って引き戸を閉めると、カチリと鍵も閉められた。後に残されたのは、大量の料理とポカーンとした私たち。

「……ご、ごめんなさい」

「いや、謝られても。なにを考えてるんだ、兄貴たちは」

たぶん気を遣ってくれたんだと思う。でも、いろんな意味でこれは申し訳ない。

しょんぼりした私と、呆れた上原さんの目が合うと、お互いに困ってしまって座り直した。

「とにかく、食べるか」

「あ。はい。いただきます」

黙々と箸を進めて、半分くらいのところで上原さんが口を開いた。

「俺はくだらない理由で別れるつもりはないぞ」

烏龍茶を飲みながら、不機嫌そうな顔で呟く。

「でも上原さん、モテるでしょう？　選べるじゃないですか、私じゃなくても」

「社長と親戚っていう理由でモテるかって聞いているなら、それはない。名字が上原だから、社長の甥《おい》っ子だとはバレにくい。それでもたまにバレて、こんな中堅の会社でも〝玉の輿〟を狙うやつがそこそこいるってくらい」

でも、地位のあるイケメンがモテるのは知っている。モテるなら、その中から好きな女性を選んでいけるでしょ？

「なにが言いたい。言いたいことがあるなら言え」

ふにっと頬を掴まれて、プニプニとつねられる。

「遊びなら、他の方で遊んでください。こんな底辺にいる女じゃなくて」

「だから馬鹿だって言ってんだよ。遊びならここまで面倒なのに構うか」

私、面と向かって『面倒』とか言われてる？

「夢見ちゃうじゃないですか。こんな私でも、好きになってくれる人がいるとか」

でも、そうやって夢を見ちゃった結果、夢は夢に過ぎなくて。目が覚めたとき……現実はとても厳しいのを知ってるよ。誰かを好きになった結果として、捨てられて傷つくのは私。人に好かれる自信はない。好かれ続ける自信もない。

自分だって、俯いてばかりいちゃいけないのはわかっているけど……。

考えていたら、上原さんは私の頬から手を離して、それから大きく息を吐いた。

「勝手に悲劇のヒロインを気取るんじゃない。いいように遊ばれて、ポイ捨てされるくらいなら、今のうちに『お別れしましょう』とか思ってるだろ」

目を細められて、その視線の鋭さに萎縮する。

怖い……上原さん、めちゃくちゃ怒っている。

「幸人と従兄弟だって知ったら、多少は引かれるとは思ってたが、どれだけ悪い方に先読みするつもりだ。お前は」

言葉が痛い。とてつもなく鋭くて、聞きたくない。

「だ、だって……」

「勝手に『かわいそうな私』を演出するんじゃない。くだらない」

「く、くだらなくない！　上原さんを好きになっても、いつか絶対に嫌われるもん！　嫌われて別れるくらいなら、傷も浅いうちの方が痛くない！」

持っていた箸を置いて、テーブルに両手をついて身を乗り出す私を、上原さんは冷え冷えとした目で見つめ返してきた。

「その救いようがない後ろ向き思考を、どうにかしろ」

「そう思うなら、やめちゃえばいいじゃない！」

「簡単にやめられるなら苦労はない。気になる女が四六時中、目の前をうろちょろして、どんどん卑屈になっていかれたら、俺がイラついて当たり前だろうが」

イラつくなら見なきゃいいじゃない！　見て見ぬフリって、大人の標準的スキルでしょう？　見たくないものには蓋をして、背を向けて、通り過ぎていくだけじゃない。

「可南子さ……」

急にトーンダウンして、妙に優しくなった彼の声に、一瞬で意識を持っていかれる。

「お前はおとぎ話が好きなくせに、どうして自分が〝幸せ〟になることを否定しようとする？」

「だって……」

童話は好きだけど、それは物語の中だけの世界だって知っている。

現実は『めでたしめでたし』や、『幸せになりました』で終わらない。そんな当たり前のこと、大人になってしまった私はちゃんと知っている。

現実は過程があって、その結果の積み重ねだ。いいことも悪いこともある。

だから、現実を見たくないときは童話の世界にいることが好き。そのときだけは、目の前の悪いことを忘れていられたから。

そのときだけは、私は〝松浦可南子〟じゃなくて〝お姫様〟になれたから。

力なく座り直すと、上原さんは烏龍茶を飲んでテーブルに肘をつく。

「目の前のことを信じないのは、お前の悪い癖だろうな。確かに、永遠に幸せになりましたって言われても、お亡くなりになったのかと思うが」

そのフレーズに、どうして死を結びつけるのか、その発想が私にはわからないけど。

「生きてりゃ山や谷や壁があって、幸せに思えるかどうかは、お互いの努力か自分の考え方次第だろ。たまに振り返るのはいい。だが、後ろ向きにはいつだってなれるし、後ろ向きに歩き続けるやつなんていないんだ。自分が幸せになることを否定するな」

一生懸命に考えながら、言葉を選びながら、慎重に話し続ける彼を見つめる。

「それにお前さ、根本的に大事なことを忘れてないか？」

「私が……根本的に、なにを？」

「俺は、お前を好きだって言っている。俺の気持ちは捨てられてしまうのか？」

少しだけ情けなさそうにしている上原さんを、私はただ見つめた。

「正月に兄貴の家に行ったり、高畑にからかわれに行ったり、デートに誘いまくったり、俺の努力はいったいどこに向かう？　営業部の女たちは、お前の性格だと少し受け流すのがキツイかと思っていたが、幸村がお前側についてくれたようだから大丈夫だと思う」

困ったようにしている上原さんを見ながら、あんぐりと口を開けてしまう。

「押しきるように付き合い始めたわけだから、あまり強くも言えないが。俺は可南子に捨てられるのか？」

それは……。

「考えたこともなかった」

「いや。今、この瞬間にも捨てられそうだけどな、俺」

そういうことになっちゃうの？　私が上原さんを捨てる？　この私が？

「俺が好きだって言ってる言葉も信じられない？　期待しろって言ってもお前は残念がるだろうが、これは間違いなく言えるぞ」

「好き……って？」

ポツンと呟いたら、彼は私を見つめ直し、それから眉を寄せた。

「それ以上だろ。だいたい、好きかそれ以上の線引きってどこだよ」

ブツブツ言いながら、彼はまた烏龍茶を飲む。

そして飲み干すと、空いたグラスを乱暴にテーブルに置いた。

「俺にしては珍しく、自分から動いてる。親にはまだだが、兄貴と友達と幸人にはカミングアウトしてるも同然だし、きっと野間たちにも筒抜けだろう。そのうち事務所内でも公然になるだろうな」

ブツブツは続いていて、どこか拗ねたような表情に、やっぱり呆気に取られた。

これって、もしかして盛大な告白なんじゃないだろうか。

じわじわと恥ずかしさが込み上げてくるけれど、とてもくすぐったい。

「それに、こっちが先に告ってんだから、立場はこっちの方が弱いって前にも言った気がする」

今度は弱音だろうか。

目の前の男の人は、見た目はイケメンで、仕事中は真面目で定規のように真四角なイメージで。仮装というか、あれはもう変装の域に達しているとは思うけど、プロ並みに凝り性で。口はたまに悪くなるけど、それだって、たまに……ってくらい。

ちょっと強引で、俺様と言えば俺様で、そしてガキ大将という言葉がとてもしっくりきてしまう。意地悪と言えば意地悪だけど、それがどこか甘くって……。

冒険は、飛び込む勇気が必要だよね。

そして上原さんは、『ひとりが怖いなら、ふたりならどうだろうか』と答えた。

私にとっては大冒険。でも、あなたにとっても冒険だった？

「本当に、部長は私を好きなんだ……」

「そうだって言ってるだろうが。なにを見れば信じる。愛してる、と言えばいいのか。なかなか言えないぞ、それって……」

「え……っ」

どこか深刻そうな表情で自問自答している彼に、思わず声を上げた。

今のって、言っているも同然じゃない。

ギョッとする私と、私の反応に不思議そうな上原さんの視線が絡まる。

「なんでいきなり慌て始めてる?」

「わ、わた、私、まだそこまで聞きたいわけじゃあ……」

慌てて手を振ると、考え込むような彼。一瞬、遠い目をしてから唐突に頭を抱えた。

「カッコ悪! 今の忘れろ。絶対に忘れろ! コントロールデリートで強制終了しろ!」

「無理ー。なんかもうインプットしちゃいましたもん!」

お互いに顔を真っ赤にしながらも目が合った。

「お前はどうなんだよ! 少しは俺を好きになったのか」

そんな真っ赤な顔してヤケになって言われても、ちょっと困惑する。

「え。わ、私、私は……」

私の気持ちは、どうだろう。ただ、嬉しいとは思う。

「あ、いや。まだ言わなくてもいい。まだな気がする。今は言うな」

慌てた様子でストップをかけられて、口を閉じた。

「怖いですか?」

そっと聞いてみると、上原さんはどこかイラッとしたように視線を逸らす。

「当たり前だろ。まだいい返事をもらえるくらい、俺は本気は出してない」

上原さんの本気って、どんなものだろう。答えを知りたいような気もするし、怖い気もする。

考えた末に、今言えることだけを言ってみることにした。

「幸村さんと、仲よさそうに話をしていたら、胸の奥がチリチリ痛いくらい、です」

ポツリポツリと呟くと、パッと部長が顔を上げた。

きっと、あれは嫉妬じゃないかな。たぶん……。

部長が私の方に手を伸ばすのと、戸口の方からカチリとなにかの音がしたのは同時だった。思わずふたりで振り返ると、ガラリと引き戸が開く。

「帰ったぞ」

ズカズカと大量の買い物袋をぶら下げて、カウンターに向かうお兄さんと、にこやかに微笑みを浮かべて入ってくる瑞枝さん。

「兄貴、タイミングわりぃ」

「お前がノロノロしてるからだろ。彼女を紹介するんなら、ちゃんと聞いてやるから、飲めるような日にうちに来い」

「正月に行っただろうが」

「あれは新年の挨拶だろ。そんときの彼女は、きっとまだ〝彼女〟じゃなかった」

立ち上がってカウンターの前まで行ってしまった上原さんと、淡々としたお兄さんが言い合いを始めている。

それをぼんやりと見ていたら、瑞枝さんがこそっと私の傍らに腰かけた。

「落ち着いたのかしら？」

たぶん落ち着いた……のかな？

微かに頷くと、瑞枝さんは柔らかく微笑んでくれる。

「うちの弟をよろしく、だって。義継さん、口下手だから、私に言っておけって」

ゆっくりと言われて、その言葉にパチクリと瞬きを返す。

それって、お兄さんには私は認めてもらっているってことなんだろうか。

そうだったらとても嬉しいかもしれない。はにかんで視線をさまよわせてから小さく頭を下げる。

「ありがとうございます。こちらこそ……よろしくお願いします」

そして、瑞枝さんとふたりで、カウンターを挟んで言い合いをしている兄弟を見守った。

「……楽しそうですね」

「男って、たまに、どうしようもなく不器用よね。でもそれが愛《いと》おしいんだから、私は諦めたわ」

微笑みを浮かべたまま呟く瑞枝さんに、大人の女性の余裕を見せつけられた。

なんか、いいな。私もそう言えるようになりたいな。

そんな風に考えた夜だった。

大告白

月曜日の朝。いつも通り出社すると、幸村さんと沢井さんでしばらくこそこそと話し合っていた。そこに野間さんが加わり、芳賀さんが加わり、最終的には事務所の女性社員全員が集まる中、ひっそりと傍観していたら引っ張り込まれてしまう。

「なんのお話ですか?」

「バレンタインよ、バレンタイン」

バレンタイン。年に一度、大告白大会となる有名な〝バレンタイン〟ですか?

「今年はバレンタインが日曜だから、渡すか渡さないかどうしようって話になって。前々日の金曜にしようかって。楽しみにしてる男がいるし、あげないわけにもね」

賑やかに話しながら、ガチャッと音がするたびに、皆一斉に無言になってドアを見る。皆に見られて固まる男性が続出する中、開いたドアの先に上原さんがいた。

「……なんの集まりですか?」

さすがに怪訝《けげん》な顔をして、女子の一団を避けていく上原さん。

目が合うとニヤッと笑って、それから知らんぷりでコートを脱ぎ始めた。

あれはきっと、なんの話し合いか気がついているよね。半笑いしていたら芳賀さんに軽く肘で小突かれる。なんだろうと振り向くと、幸村さんと目が合った。

「自分は関係ないって顔をしている女子に、買い出しに行ってもらおうか」

幸村さんに軽く睨まれて、慌てて大きく手を振る。

「え。ダメです。私はバレンタインチョコ買ったことがないんです」

「ちょっと、それ本気で言ってるの? あんた、女子を何年やってんのよ」

一応、二十三年でしょうか? でも一番縁のなかったイベントなんだもん。

背後から吹き出されたような声が聞こえ、振り返ると、上原さんが真面目な表情でパソコンを眺めている。

……面白かったでしょうね。だってお父さんは甘いものは食べないし、付き合った彼はバレンタインまで交際が続かなかった……けど。

あげる機会あるじゃん。できたじゃん、彼氏。なおかつ甘党の彼氏が!

「わかりました。買い出し行きます。女子のイベント、参加したいです」

勢いよく手を上げたら、幸村さんに訝しい顔をされた。

「でもあんたひとりじゃ不安になるな。どうしようか」

幸村さんが本当に不安そうに言うから、私は皆に笑われた。

「じゃ、私がお目付け役に立候補しよう。総務と経理代表で。人事はどうする？」

野間さんが手を上げてくれて、人事部の女子を眺める。でもこの時期はアルバイトの採用活動が佳境で身動きが取れないみたいで、結局、野間さんと私のふたりが買い出し係に決定。

楢崎部長の「朝礼だぞ！」という大きな声が聞こえ、皆慌てて各部に戻っていく。

妙に楽しい。ワクワクする。どんなのがいいのかな。誰かになにかをプレゼントってしたことがないから想像もつかない。喜んでくれるよね？

「……松浦さん、君は少し落ち着いた方がいいですね」

皆が朝礼の態勢になっていて、幸村さんが苦笑する中、上原さんは部長モードの無表情。

「まだ二月とはいえ、来月は決算ですから、気を抜かないように」

しょぼんとしながら朝礼を受けて仕事に取りかかり、昼食はお姉様たち一同に〝作戦会議〟ということで誘われて。退勤時にさっそく買い出しと言われて拉致られた。

そして〝男性諸君〟のバレンタインチョコは、質より量が勝るひと箱のものを買い、部長クラスには個別に選ぶことになった。

「じゃあ、本命を選びに行こうか」

野間さんにそう言われて、顔を赤らめる。

上原さんにあげるチョコ。行列ができている店舗を覗くと、お洒落でピカピカしたチョコが並んでいる。そうじゃない店舗のものは可愛らしいけど、三十一歳の男性に動物を模したチョコはどうかと思う。グレードと完成度でいけば、行列店舗だろうな。

「私の頭の中では、大きなハートマークのチョコに『好きです』とか書いてあるのが本命チョコの定義なんです」

「どこの小学生の妄想なの」

野間さんに呆れられて、泣きそうになった。

小学生じゃないですもん。でも、二十三年間の半分以上を童話の世界で過ごしてきた結果、とても世間に疎いということは薄々気がついてきた。

そういう意味では上原さんの言う通り、私は確かに〝箱入り娘〟だということも。

だから今回は頑張ろうって。こういう女子が盛り上がるイベントに参加したこともなかったから、少し途方に暮れるって言葉がぴったりだ。

上原さんは〝好き〟って言ってくれたから、私もちゃんと気持ちを返したい。言われているだけじゃダメだし、まだちゃんと言葉にはできていないけど。

冒険は好奇心から始まる。だけど、好奇心だけじゃ人はすぐに動けない。行動を起こすには勇気も必要。その勇気の原動力は……と考えて、気づいてしまった。

どうして〝自分には関係ない〟と思っていたバレンタインに行動を起こそうと思えたのか。勇気を出すには少なからず自信もいる。彼が甘いものが好きだから、もしくは彼氏だからバレンタインチョコを受け取ってくれるだろうとか、そんな理由の〝自信〟なら、相手のことなんて考えないでもいい。

自分で買いに行きたいと思えたのは、私が上原さんを〝好きだから〟だ。

「野間さん。私から、部長に告白するチョコレートが欲しいです」

半泣きで野間さんにすがりつくと、さすがの野間さんも、目を丸くしながら笑顔で固まった。

「うん。意味がわからないから、もう一度言ってみて～？」

「私が部長に告白するためには、どんなチョコがいいのか全然わかりません！」

真剣に主張する私に、野間さんは瞬きを返し、それから軽く左右に首を振った。

決戦のバレンタインデー当日。たくさんの人からの助言を受けつつ、これだと思えるチョコを用意した。芽依にも協力を頼んで、エールをもらう。

そして今は、スマホを壊しそうな勢いで握りしめている。

……やっぱり金曜の仕事帰りに、声をかけておくべきだったよね。どうしよう。

バレンタイン前々日の金曜日。事務所の男性諸君宛てに、女性社員一同からのバレンタインチョコを入口付近に置き、部長クラスの個別チョコを渡す役目は私だった。

ちょっぴり緊張しつつ渡したそれを、上原さんはいつも通り真面目な部長の表情で淡々と受け取って、何事もなかったかのように袖机にしまっていた。その後は夕方まで、彼は専務に呼ばれて戻ってこなくて、戻ってきても猛烈な勢いで書類決裁をしていたから声がかけられず、そのまま帰ってしまった。

でも、これを逃すとバレンタインでもなんでもなくなってしまうわけで、意味が単なる『チョコあるんであげますねー』的なことになりかねない。

それは避けなくちゃ。

意を決してスマホの着信履歴を検索し、上原さんの履歴を開く……つもりだったのが、なぜか通話をタップしてしまい大慌てで切断。

まだセーフだよね。だだだ大丈夫だよね？　コール音も鳴っていないと思う。

一瞬で繋がるはずないし、まだ心の準備が……そう思っていたら、上原さんから着信が入った。

全然、間に合ってなかったー!!

『お前ね、ワンギリってなんだよ』

不機嫌そうな声音が聞こえてきて、誰も見ていないのに思わず正座する。

「ごめんなさい。ワンギリするつもりじゃなくて、ま、間違えたんです」

『そして間違い電話かよ。用がないなら、忙しいから切るぞ』

「あ……」と言ったときには、通話は切れていた。

確かに間違えてかけちゃったけど、用事がないわけじゃない。

でも、『忙しいから』って言われた。それを聞いた上で、今日はもう連絡できない。

ごめんなさい、野間さん。私なんかの相談に一生懸命のってくれたのに。いろいろ伝授してもらって、頑張らなきゃって決心していたのに。

もう自分が情けない。どうしてこうタイミングが悪いというか、なにをやってもできないんだろう。たぶん私はそういう子。

ベッドにうつ伏せになってグズグズしていたら、スマホが鳴るから、なにも見ずに通話をタップした。

「はい。もしもし」

『少し気になった。ところで、どうして鼻声になってるんだ、お前』

耳に上原さんの声が飛び込んできて、びっくりしてスマホを放り出しそうになる。

「……く、くしゃみしたんです」

『ふーん？　じゃ、確認しに行く。知ってる？　お前はちょっとでも泣いたら目が真っ赤になるって。今、赤くなってないんだろうな？』

脅すように言われた言葉にびっくりして、パッと洗面所に向かって鏡を確認すると、確かに真っ赤だ。泣いてましたとバレバレなくらいに。

『確認しに行った時点で、泣いてたの確定だな。なにひとりで泣いてるんだ、馬鹿』

……馬鹿って言われた。

『間違い電話は間違いじゃなかったことも、きっと確定だろうな。どうした？』

急にトーンダウンして優しくなった声音に、力が抜けて洗面所に座り込む。

「う、上原さんは、今どこにいるんですか」

『俺？　ちょっと野暮用で会社。それはもう終わるから、飯でも食いに行くか？　今からだと中途半端な晩飯になりそうだが』

ご飯……ご飯もいいけど、違うんです。その前にいろいろと、その……。

「ぶ――」

『休日に部長呼びは、なしな？』

「う、上原さんのうちに、ご飯作りに行きたいです！」

そして落ちた沈黙。その数秒が耐えられない。

「……嫌ならいいです。ごめんなさい。では」

『ちょっと待て。電話だからって言い逃げしようとするな。少しくらいは俺にも意味を理解する時間を与えろ』

間髪いれずに待ったをかけられて、しょんぼりと耳をすませる。

電話の向こうで、どこか重々しい低い声が聞こえてくる。

『お前、ちゃんと意味ありでそういうことを言ってるのか？』

……意味もなく、〝彼氏のうちに行きたい〟と言うとでも？

『俺のうちにお前が来ると〝どうなるか〟わかって言ってんのか、箱入り娘。部屋に来たら、俺はお前に躊躇なく手ぇ出すぞ？』

少し冷たく突き放すように言われて、無言でいたら、小さな溜め息が聞こえた。

『恋人同士ならそうなるのが普通だから、とか考えてるんなら、俺は嫌だ』

うん。わかっている。ちゃんと理解している。

彼氏だから、彼女だから、そうするのが当たり前で普通のことだから、ではなくて。

私はあなただから〝そうしたい〟と思ったの。

「……ちゃんと考えました」

呟くように答えると、しばらくの沈黙の後、優しい声が聞こえる。

『迎えに行くから、待ってろ』

そう言って、通話は切れた。


そして迎えに来た上原さんは、ドアを開けた私の姿を見るなり目を丸くする。

「前髪、切ったのか?」

眉毛よりもちょっと長いくらいの前髪。正直言って、この長さに揃えるのは幼稚園ぶりだと思う。芽依に相談して、彼女に張り切って切り揃えてもらったのは昨日の話。

「へ、変ですか?」

「変じゃないが、少し慣れない。でも、いい感じだ」

柔らかく微笑まれて、顔を赤らめる。それから彼の格好に首を傾げた。フリース素材のパーカーにシャツを着ていて、ジーンズにスニーカー。ずいぶんとラフな格好だ。

「その格好で会社にいたんですか?」

「休日出勤だから、平日と違って土日にスーツだと目立つし」

土日はイベントスタッフはともかく、事務所はお休みだから……。

部屋を出て、ドアに鍵をかけながら、持っていたトートバッグを肩にかけ直す。

「ハロウィンのときも休日出勤していたんですね」

「ハロウィン？　ああ、あの頃は毎週だったな。よく覚えてるじゃないか」

「仕事帰りって死神さんが言ったから、事務所の人じゃないって安心したんです」

歩きだした私の横で、彼は難しい顔をする。

「事務所の人間だと少しでも思ったら、どうしていた？」

「お誘いもお断りしていたと思います」

「……俺にとっちゃ、ラッキーな話だな」

苦笑交じりに言われながらマンションを出ると、駐車していた彼の車に乗った。

「途中、買い物してもいいですか？」

「いいけど。近所の商店街でもいいか？」

「商店街って行ったことないんで、楽しみです」

小さな頃から近所に大型スーパーがあって、商店街なるものは見たことがない。

基本的に出歩くことも少なかった私が、『さぁ、商店街に行こう！』となるはずもなく、ひとり暮らしを始めてからも、結果としていつものスーパーで買い物が多い。

「全然楽しみにしてるように聞こえないが。車の運転中は、さすがに表情を見るわけにもいかなくて困る」

ブツブツ聞こえて、運転中の横顔を見た。

思えば、彼の車に乗るのは何回目だろう。数えていないけど、かなりの頻度で乗っているのに、顔を見ていたようでよく見ていなかったなって思う。

運転している男の人って、いつも以上にカッコいい。真剣に見えるからか、それとも、私の頭が現在お花畑状態だからか。どっちも可能性ありだ。

「でも途中で買い物って、最初から計画してたわけじゃないのか?」

ポツリと聞かれた言葉に、瞬きだけで現実に戻ってきた。

「私が計画してたのは、上原さんのうちに行くことだったので、夕飯までは想定外だったんです」

「業務連絡のように言われると、つられそうだからやめてくれ」

言われてみて、確かにその通りだと思えた。

だって、緊張してるんだもん。大目に見てほしい!

「今日は、バ、バレンタインでしょう?」

「え? バレンタインって、もらわなかったか? 金曜日に」

「あれは事務所の女性社員からのバレンタインチョコです!」

「……へー。あれで終わらせると思ってた」

淡々と言われた言葉に愕然とした。

私からの意思表示をしていないから仕方がないとしても、それはあまりに衝撃的な言葉だ。だって、上原さんは私に対して、全然期待していなかったってことだよね？

「やっぱり帰ります！」

半ば涙ぐみながらシートベルトを外すと、慌てて彼は車を停めて私の手を掴む。

「ごめん。悪かった。落ち着け」

片手を掴まれたままだから、空いている方の腕で泣き顔を隠すと、なにがどうなったのか、急にシートのリクライニングが倒れてギョッとした。

……人間、突発的なことがあると、どうして頭が真っ白になっちゃうんだろう。

「違うことを考えていて返事が上の空だったことは認めるから、泣くな。今泣かれるとあやせないから」

私にのしかかるようにしていた上原さんが、リクライニングのレバーから手を放す。

「あやさなくていいですから！　私は赤ちゃんじゃないので！」

怒って上原さんを見上げると、彼の視線がふわふわと車の外にさまよった。

「あー……まぁ、そうだが」

気まずくなりかけながら、お互いに身体を起こしてリクライニングをもとに戻し、それからシートベルトもつけ直すと、見つめ合う。

「なにを考えていたんですか」

「いや……あまりにも下世話な話になるから、やめておく」

ボソボソと呟き、上原さんはまた運転に集中する。

下世話な話か。そういえば、無口でおとなしい沢井さんから下世話な提案もされた。彼女の意見は、『松浦さんにリボンをかけて、私がスイートチョコです、でいいんじゃないの?』などというもの。あの清楚な雰囲気にそぐわない爆弾発言をニッコリとされ、『却下』と言う幸村さんと野間さんの言葉により退けられている。そして経理部は変な人が集まっているとますます認識し直した。

「経理って、不思議な人の集まりですよね」

ポツリと呟くと、上原さんは眉根を寄せてチラッと私を見る。

「いきなりなんだと言いたいところだが、俺だけはまともだ」

「一番まともなのは、瀬川主任のような気がしてます。今、とてもさりげなく私も不思議カテゴリに分類しましたね?」

ジト目で睨むと、上原さんは呆れたように笑った。

「瀬川は見た目は普通っぽいけど、あれはあれでちょっと変わってるぞ？」

「そうなんですか？　どんな風にです？」

今まで見てきた感じだと、瀬川主任は一番普通な人だけど。

「興味持たれたらムカつくから言わない」

サラッと返ってきた答えに、目を丸くして彼を見た。

「……ムカつきますか？」

「前にも言ったろうが」

なにを言われたかな。たまにしか言われないなら、覚えていられたんだろうけど。

「そうだ。前もって言っておくが、俺のところには米がないぞ？　一応簡単なツマミくらいなら作るが、そもそもお前のうちほど調理器具が揃っているわけじゃない」

「なにを食べて生きてるの？」

米もない、調理器具も揃ってないって、すごくない？

驚いていたら、ふっと笑われる。

「自炊しないって言っただろう。近所の定食屋に行くか？」

「やです。頭がもう作るモードですもん」

「結構頑固だなー」

半笑いでからかわれつつ、目的地に着いたようで、彼は駐車場に車を停めた。

「マンションに駐車場がないから、ここから少し歩くぞ」

そう言って私を見た彼は若干、驚いたように目を丸くする。

「嬉しそうだな？　目は真っ赤だけど」

覗き込まれて目もとをこすった。鏡で見たときは確かに赤かったけど。

「そんなに赤いですか？」

「まぁ、しばらくすれば戻る。気のいい人たちだから面食らうかもしれないが、悪気があるわけじゃないから」

いったいなんの話だろう。気のいい人たちって、どこの誰？

不思議に思いながら車を降りると、すでに降りていた彼が手を差し出しているから、普通に手を繋いだらまたびっくりされた。

「……荷物も貸せ。重そうだから」

繋いだ手と、持っていたトートバッグを見比べて真っ赤になる。

だって、いつも手を繋ぐから、今日も手を繋ごうってことだと思っていた。

まさか『荷物持つよ』って意味で差し伸べられた手だとは、思ってもみなかったんです！

笑いを堪えている彼に、顔を真っ赤にしながら無言でトートバッグを渡すと、手は繋いだままで商店街に向かった。

小さな通りにある商店街は、こぢんまりとしている。でも、街のいろんなものをギュッと詰め込んでパッケージにしたような通りが続いていた。

物珍しさに辺りをキョロキョロ見ていると、横から威勢のいい声がかかる。

「雄之。べっぴんさん連れてどうした！」

ふくふくとしたおじさんが、目を丸くして大きな魚を持っていた。

魚屋さんだ。たくさんの魚が並べられている。

「彼女。今日は飯作ってくれるって」

彼が楽しそうに言うと、おじさんは驚きながらも私を見てにんまりと笑った。

「そりゃよかったな。じゃ、うちの魚はどうだい？　今なら鱈《たら》とか鰤《ぶり》が旬だよ」

鱈と鰤。捌《さば》くのは難しいけど、頼めるはずだよね。

なんの料理が作れるだろうと考え込むと、上原さんがキョトンとして私を見下ろす。

「魚料理にするのか？」

「んんん……まだ決めてないんです～。ひと回りしてからでもいいですか？」

魚屋さんを後にして、商店街を歩いていると、聞き覚えのある声が聞こえてきた。

「あれ。上原さんと松浦さん？」

振り返ると、コンビニの袋を持った高井さんがいた。

思わず上原さんを見上げるけど、彼は驚きもしないで片手を上げる。

「高井君か、今日は休みですか？」

「休みっす……てか、松浦さん、やっぱり上原さんを好きだったのか」

繋いだ手を見つけると高井さんはニヤリとして、「じゃ」と軽く挨拶をしてからいなくなった。

それをふたりで見送る……んだけど、困惑したような気配を隣から感じ取る。

高井さーん。サラリと変な発言して、いなくならないでー！

「……可南子。俺のこと、いつから好きだった？」

高井さんの消えた方向を見ながら、上原さんはどこか呆然としたように呟く。

聞かれると思いました！　だよね、聞いちゃうよね、気になっちゃうよね？

「ち、違うもん！　高井さんとお食事に行ったとき、勝手にそう言われただけ！」

叫ぶようにして言ったら、脱力された。

「あー……そう。そうか。そうだよな。まだだよな」

ちょっと待って。もしかして好きって気持ちが、〝まだ〟になっちゃったの？

隣を見ると、彼がめちゃくちゃガッカリした顔をして俯いてしまったから慌てる。

「違うけど違わないの！　ちゃんと好きなの！　それを言いに、今日は計画を……」

「え？」

……え？

今度はどこか唖然とした上原さんが顔を上げ、私は愕然とした。

「あああ！　もう台無し。チョコ渡してから言うつもりだったのにー‼」

繋いでいた手を振りきって、両手で顔を隠してしゃがみ込む。

今日は本命チョコを渡そうと思っていた。彼が仕事をしているとは思ってもいなかったから、『うちに行きたい』と言えば、決意は伝わるって考えていた。その上で好きって言ったら間違いないだろうって。

だから、決心してたのにー！　なんで高井さんはこんなところにいて、あんな発言しちゃうの！

「か、可南子？」

肩に手を置かれて揺さぶられるから、その手を邪険に払い落とす。

「私に構わないで！　もう自分が情けなくて情けなくて、自己嫌悪に陥っているんですから！」

「いや。自己嫌悪に陥るのはいいが、ここはちょっと……馴れ馴れしい人が多いから」

……馴れ馴れしい？

なぜか慌てている彼の声に、不思議に思って耳をすませる。

「上原君。うちの店先で彼女をいじめないでくれないかなぁ」

「なぁに。彼女、意地悪されたの？　ダメじゃないの。こんな若い子泣かせちゃー」

「いや。別にいじめたわけでも、意地悪したわけでもなくてですね」

ザワザワとした頭上で、上原さんがしどろもどろになって誰かに弁解していた。

とりあえず、今は顔を上げられないことはわかった。どうしよう、この状況。

考えていたら、ひょいと身体が軽くなって、瞬きしたら視界が高くなっていた。

「とにかく、逃げるぞ可南子」

「え。逃げ……っ」

パッと顔を上げると、商店街の店の人たちちらしい人だかり。それがみるみる遠ざかっていく。

「彼女をいじめるんじゃないわよー」

聞こえる言葉に、私は担がれたまま顔を真っ赤にさせた。

鼓動

上原さんに『俺ひとりで買い物に行くから、ここで自己嫌悪しておけ』と言われて座らされたのは、余裕で横になれそうな、大きな茶色のビーズクッションだった。することもないので、見知らぬ部屋をキョロキョロと見回す。暗い色合いのフローリングの床にアジアンテイストのラグ。カーテンはオフホワイト。

視線を上げると低いタイプの台にはテレビが置いてあって、両脇にスピーカー。ローテーブルにはリモコンとティッシュボックス。

部屋を仕切るように置かれたスタッキングシェルフの中には、本やら雑貨やらお菓子の缶やら……いろいろと置いてあって雑然として見えるけど、だらしない感じはしない。シェルフの向こうに見えるのは、パソコンデスクだろう。

全体的に茶色とオフホワイトで統一された上原さんの部屋は、大人お洒落な感じのインテリア。

自分の部屋が雑然としているような気分になりかけてきた頃、ガチャンと鍵が開いた音がして彼が帰ってきた。

「ただいま」

「お、おかえりなさい」

靴を脱いで顔を上げた上原さんが、どこか照れて困ったように笑った。

「からかわれまくってきた」

言いながら買い物袋を片手に、入って右手にあるドアの奥に消えるから、立ち上がって後を追う。

「見てもいい?」

「ただのキッチンだぞ?」

覗くと、そこはスッキリとしたシステムキッチン。電子レンジとトースター、冷蔵庫とゴミ箱しか見えないけど、収納はたくさんありそう。

自炊しないという宣言通り、使われている形跡は少ない。でも、まな板があるから包丁はどこかにあるんだろうし、炊飯器もちゃんと置いてある。奥の方にコーヒーメーカーと食パンの袋が見えた。

上原さんは冷蔵庫からお茶のペットボトルを取り出して私に手渡すと、なんと引き出しからグラスを取り出す。

「一応、食器はここな?」

洗い場の下を開くと、カレー皿一枚とスープカップ、それからフライパン、プラスチックのザルとボウルを見つける。

もうひとつの引き出しを開くと、スプーンとフォーク、それから果物ナイフ。

「んで、調味料はこれだけ」

上の棚からかごを下ろし、塩とコショウと胡麻油と一味唐辛子の小瓶。

「……これじゃ、なにも作れない」

こんな生活感のない人、初めて見た。

「うん。まぁ、ほとんど商店街で済むから」

そっと背中を押されてリビングに戻ると、彼はテーブルにグラスを置いてから、直接ラグの上に座った。

「可南子がうちでなにか作りたいって言うなら、来週買い物に行こう。今日はとりあえず惣菜で我慢してくれ」

ガサゴソと袋の中から美味しそうな惣菜が出てきて、テーブルに並べられる。

「あと、こっちは魚屋のおっちゃんと、定食屋の姉さんからの差し入れ。魚屋の夫婦にしばらくからかわれるぞ、俺」

「ご、ごめんなさい」

最後に魚の煮付けとパック入りの炒飯がふたつ出てきて、慌てて謝ると、上原さんは首を左右に振って、ビーズクッションを指差した。

「嬉しかった。それよりも座って食べよう」

私がクッションに座ると、なんとなく照れくさくて困る中、黙々と惣菜を食べる。

「……しかしお前って、本当に面白いやつだな」

「好きで面白いわけじゃないです」

ときどき、ポツリとからかわれながら食事は進み、食べ終わってパックを片づける頃に、今さらながらチョコを取り出す。それを受け取りながら彼は苦笑した。

「バレンタインのチョコレートなんて、気にしてなかったのに」

確かに、会社で渡したチョコにふて腐れるわけでもなかったから、本当によかったのかもしれない。

「告白、しようと思ったんです」

告白するには、なにかきっかけが欲しかった。

こんなきっかけでもないと、『好きです』という言葉は、なかなか言いにくい。

「無理しなくてもよかったのに」

どこか自嘲するように言われて、瞬きしながら座り直した。

「無理しているように見えますか？」

今回はいろいろ考えているけど、無理とはちょっと違うよ？

彼を見上げると、困ったように視線を逸らされた。

「俺に流されてないか？」

そう思っちゃうの？　確かに、自分でも流されやすい性格だと自覚してるけど。

膝立ちで近寄って、彼の顔を覗き込む。

「ちょっと失礼します」

そう言うなり、返事を待たずに上原さんの耳を掴んだ。

「ちょっ。可南子……？」

「私は、バレンタインチョコを買うのは初めてなんですが」

真剣な表情を作って言うと、彼は少し痛そうにしながらも頷きを返してくる。

「ちなみに、今回は私から部長のうちに行きたいと申し上げました。そして高井さんとお食事に行ったときには、高井さんに〝部長が好きなのか〟と聞かれて、〝違う〟とお答えした記憶があります」

私の話を聞きながら、彼の表情が少しずつ困惑したように変わっていく。

「好きになったから、告白するつもりになったに決まっているでしょう！　信じてもらえないなら無意味だから帰ります！」

耳から手を離して立ち上がると、唐突に足もとを攫《さら》われて、ボフッとビーズクッションに埋もれた。

「な、なな……⁉」

「まぁ、落ち着けよ」

落ち着けるはずがないでしょう！　世界がいきなり反転して、悲鳴すら上げられなかったよ！

ジロリと上原さんを見つめ返すと、人の足首を掴みながら彼は笑っていた。

「笑い事じゃないですから！　もういいです。訂正します、訂正……」

「無理無理。もうお前の言葉はしっかりインストールした」

まるで少年のように明るく笑うから、ムッとして口を開く。

「アンインストール……っ」

言いかけたところで、ふくらはぎを親指で撫でられた。

「ちょっ。う、上原さん……なにを⁉」

「男の部屋来るのに、スカートはダメだよ」
ス、スカートだけども！　私は体型を隠すような服しか着ないもん。

「好きってことは、俺は本気出してもいいわけだ？」

彼は低く呟きながら目を細め、口もとは愉快そうに歪《ゆが》む。それを見て背中がザワリとした。

「な、なんか怖い」

だいたい、座り込んでいる女の脚を掴んでいるのはどうかと思う。

そして、とてもいい笑顔で脚をなでなでしているのは、非常に危ない。

「あ、あの……でも」

「まさか、ここまで来て心の準備が、とか言い始めないよな？」

い、言わない。でも、どうすれば？

キョロキョロしたところで誰かがいるわけじゃない。それは当たり前の話だし、いたらいたでびっくりだ！

「わ、私は、こういうの慣れていないんです。い、一回しか経験ないし……」

這い上がってきた手のひらに、ゾクゾクしながら上ずった声を上げたら、彼にムッとされる。

「それは今言われるとムカつくから、言わなくていい」

「で、でも、あの。どうすれば？」

「どうしようか。本当はもう少し違うのを考えていたんだが」

キョトンとすると、困ったような笑顔と目が合った。

「女は気にするだろう？　初めてのシチュエーション」

私には、あなたがなにを気にしているのかさっぱりだ。

「初めてだとか聞くと、少しは考えてやらないとって」

初チョコだけど、初チョコのなにを考えてもらわないといけないの？

「キスは初めてなんだろう？」

笑っているけど、視線の真剣さに瞬きをした。

上原さんに、キスをしたことがないって言ったことがある。

……人の脚を触るなんて際どいことをしながら、そんな可愛いことを気にしているとは、さすがに思ってもみなかった。

「場所とか、気にするやつは気にするだろ。キスから止まる自信はこっちはないし」

止まる自信がないって、私を求めてくれているってこと……だよね。

前に、私の部屋で〝キスできるけどしない〟って言っていたのはそういうこと？

上原さんなりに、いろいろと私のことを考えてくれていて、だから私の部屋ではキスしないで、あのときすぐに帰っちゃったの？

「どうする？　今から予約できるかわからないが、どこかホテルとか……」

優しく微笑む上原さんに抱きついてみたら、彼の言葉が途切れた。

「ちょっと体勢に無理があるぞ？」

だって脚、掴まれたまんまだもん。少し苦しいけど、抱きつけないわけじゃない。

「いいみたいだな」

そう言うなり立ち上がって、私をお姫様だっこで抱え上げる。

ゆらゆらと運ばれながら、私は平気な顔をしている彼をパチクリと見上げた。

「……ずっと思っていたけど、上原さんて力持ちだよね」

「か弱い男子が好みか？　それならズルズル運ぶけど、それじゃおかしいだろ」

私だって、ズルズル運んでほしいわけじゃないよ。

これはこれでいい。あれ、よくない？　私はいったいどこに運ばれているの？

カチャリと音がして、薄暗さに目を見開いた。

雰囲気からすると、これって寝室って言うよね。

「上原さん！　いきなり？」

「いきなりでもないだろ。場所を気にしないなら」

「や。場所とかはどうでもいい」

というか、初キスは彼氏の寝室とか、インパクトあり過ぎ。

でも、想定内のこと。彼氏の部屋に来て、告白して、今さらわざわざどこかに出かけて仕切り直しも変だ。

そう理解していても、少し感情がついていきにくいのも確か。

考えていたら、びっくりするくらい優しく、ゆっくりと横たえられた。カチリと音がして、ベッド脇にある照明がつけられる。

見えたのはブラインドがつけられた窓と、本棚に並べられた文庫本と、楽しそうにしながら私を見下ろす上原さん。

「すっげー不安そうだな」

「だ、だって……」

「できるだけ優しくは、心がける」

求められて嬉しいような気もする。でも、恥ずかしさが先にくる。今、ドキドキし過ぎて心臓が口から飛び出しそう。

「わ、私、綺麗な身体してないから、ダ、ダメかもしれない」

「……可南子」

今度は呆れたような視線が見えて、心拍がますます速くなる。

「俺は空気を作るのが苦手だが、お前が一生懸命ぶち壊そうとしてるのはわかるぞ?」

……だって、だって、少し怖い。

「男の人って、やるだけやったら構わなくなるじゃない……」

半泣きになって答えると、彼は眉間にしわを寄せ、一瞬後には吹き出した。

「そうかそうか。俺がやるだけやったら捨てるんじゃないかって、お前はまだ心配してるわけだな?」

笑いながら言うことじゃないと思う。

「よし。可南子」

暗がりでもニヤリと、どこかイタズラっ子のような上原さんをただ見つめる。

「とりあえず黙れ」

そして唇を唇で塞がれて、目を見開いた。

……思っていた以上に、人の唇ってふにふにしてる。柔らかくて、そして熱い。

耳もとを指先でくすぐられて、思わず開いた唇に、もっと熱くて柔らかいものが侵入してきた。

「んん……っ」

こういうとき、息はどうすればいいんだろう?

口は塞がれているし、鼻で息をしようとしても、鼻息荒くなっちゃいそうで恥ずかしい。こんな間近に上原さんの顔があって……。

キスって、苦しいものなの？　世の中の女性はどうしているの？

そう思ったとき、そっと唇を離してくれた。

新鮮な空気を貪る私を見下ろして、今度は意地悪そうに笑うのが見える。

「本当に、初めてなんだな」

初めてだけど、今のがものすごい大人のキスだということはわかる。

「少し息しろよ」

瞬きしていると、またキスを落とされる。

今度はちょっとお手柔らかに、啄《ついば》むようなキスを繰り返されて、そうしているうちになんとなく息を吸うコツを掴めてきた。それに気がついたのか、唐突に彼がぐっとキスを深めてくる。息は苦しくなるけど、さっきほどじゃない。

どこかふわふわした気分でいたら、するりと服の下に手が入り込んできて、ビクリと身体が震えた。

恥ずかしさが込み上げてくる。でも、やめてほしいとか言っちゃうと、きっと彼はやめちゃうと思う。

チュッとリップ音をさせながら唇が離れると、抱き起こされて、キャミソールごとセーターをスポンと頭から脱がされて面食らった。

「上原さ……‼」

彼はクッと苦笑し、ポイッと私のセーターを後ろへ放り投げる。

「さすがに、今は『上原さん』じゃなくて、名前で呼べよ」

真っ赤になりながらブラを外され、それも後ろへ放り投げられた。

思わず胸を隠すと、ちょっとだけ困った顔をされたけど、それ以上はなにも言わずに、また私を横にして覆い被さってくる。

「……お前が、俺のものだとわからせてやる」

低い囁きに息を呑む。心臓が止まってしまうかと思った。

黙り込んで彼を見上げていたら、そっと手を外され、彼は小さく手の甲にキスをして視線を合わせてきた。

少しからかうようで、それでいて熱を孕《はら》んだまっすぐな瞳に、思わず怖くなって顔を背けてしまうと、その無防備な首筋にキスを受け、くすぐったさに身をよじった。

唇が首筋から鎖骨へ、そしてもっと下に……ゆっくりと辿っていく。

「んん……！」

鼻にかかったような変な声が出そうになって、慌てて歯を食いしばった。

「馬鹿。声は出していい」

「だ、だって、へ、変な声になっちゃ……んぁ!」

甘噛みされて目を丸くした。

ポカンとして彼を見るけど、甘い刺激は続いている。真っ赤になりながら手で上原さんの肩を押したら、困ったような顔をされた。

「は、恥ずかし……」

私だけ裸だし、胸もお腹も丸見えだし。み、見ないでー!って感じになる。

「仕方ないな」

彼は起き上がり、ベッドサイドに手を伸ばすと、カチリと音がして照明が消えた。

辺りが暗闇になって、するっと胸からお腹にかけて指先らしきものが通っていく。

「ひゃあ……っ」

今度はなにが起こっているか、全くわからなくなって怖い。それに気のせいじゃなければ、触れ方がさっきよりも大胆になってない?

ぐいっと抱きしめられて、そして肌に触れた洋服の感覚にその布を掴んだ。

……服を着たままなのかな。私はこんな恥ずかしい思いをしているのに、ズルイ。

くいくいと服を引っ張っていると小さな笑い声が聞こえて、ぬくもりが少し離れると、彼が動いているらしき影が見える。

「これでいいか？」

おそるおそる触れてみると、思っていた以上にすべすべしていて筋肉質な身体。それに触れながら、大胆なことをしているな、なんて頭の片隅で考えた。

「……楽しいか？」

絶句して慌てて手を放すと、微かな吐息と一緒にキスを落とされる。

キスを繰り返しながら、彼の指先がいろんなところに触れてきて、耳の中に心臓があるんじゃないかってくらいにドクドクと心臓の音がうるさくて、知らない感覚が身体の中心から広がっていく。

変な声が漏れていたけど、次第になにも考えられなくなっていた。

それでも、繋がる瞬間は不安になる。

私の様子に気がついた彼の指先が、乱れて顔にかかった私の髪を優しく払いのけ、手の甲でくすぐるように頬に触れた。

「怖くないから」

暗い中で聞こえた優しい声音に、触れ合う温かさ。きゅっと目をつぶり、ゆっくりと少しずつ身体の中を押し広げられる感覚と、次に来るだろう痛みに身構える。だけど、怖かった痛烈な痛みが襲ってくることはなかった。いっぱいいっぱいだけど思っていたよりも痛くない。

短く息を継ぎながら、ぽかんと彼を見上げた。

「大丈夫、か？」

少し苦しそうな言葉に、ぼんやりと頷く。

なにも言わずに手を伸ばすと、彼は包み込むように抱きしめてくれた。速くなっていく動きに翻弄されながら、霞《かす》む意識の中で、身体の中に熱が生まれる。それが苦しくて、怖くて。逃げようとしても押さえつけられて、何度も宥められる。

「雄之さ……」

膨れ上がった波に呑み込まれる瞬間、悲鳴にならない声を上げた。


いつも通りの月曜日。それでもいつもと違うのは、朝のシャワーを雄之さんの部屋で浴びたことと、簡単な朝ご飯を食べた後に雄之さんの車で送られて、自分の部屋で着替えてから彼の車に乗って会社に来たこと。

彼氏の家に泊まるなんて初めてで、落ち着かなくて眠れないでいたら、『仕方ないな』とか言いつつ、びっくりするくらいに雄之さんは戯れてきて、くったくたになるまでいろいろされた。彼はたぶん触れるのが好きっぽい。

それがわかったところで、恥ずかしいことは変わりないけどー！

ちなみに彼は気分次第で、車通勤にしたり電車通勤にしたりしているらしい。

ついでに『混む電車が苦手』と小さな声で呟いていたから、要するに電車が混む時間帯になってしまったら車で出勤するってことね、と納得した。

いまだにお花畑状態の頭の中、照れた気分を紛らすために分析しながら会社に着くと、事務所のドアを開ける。

挨拶をしながら、雄之さんと並ぶように入っていくと、朝っぱらから見慣れない専務の姿があって、野間さんと話していた。事務所がいつもより静かに思える。

「おはよう。ふたりとも」

専務の挨拶に振り向いた野間さんが、私の顔を見るなり目を丸くして飛んでくる。

「松浦さん、おはよう！　前髪切ったのね！」

あまり見ないでくださいー！

両手で顔を隠すと、雄之さんに頭をポンポンされた。

「あまりからかわないでやってくれますか」

彼はそう言いながらコートを脱ぎ、自分のデスクではなく専務の方に向かっていく。
事務所の雰囲気が違うように感じるのは、専務の姿に皆が緊張しているから？
不思議に思って首を傾げたところで、芳賀さんが現れた。
芳賀さんにも前髪をからかわれながらコートを脱いで席に着くと、いつものように
パソコンの電源を入れ、途端に鳴ったエラー音にギョッとする。
真っ黒な画面に、わけのわからない白い文字の羅列がズラズラ〜と並んでいて、な
おさら慌てた。
「の、野間さ……」
振り向いたら、大きな影に遮られる。
「馬鹿。どうして野間さんに頼るんですか」
見上げると雄之さんが身を乗り出していて、彼がキーボードを操作すると音が鳴り
やんだ。
「……確定ですね」
どこか困ったように呟く彼と、険しい顔をした専務の顔。
不安が表情に出ていたのか、雄之さんは私を見下ろすと微かに微笑んで、サラリと
頬を撫でてから、スッと表情を消して専務を振り返った。

皆ピリピリしているようで怖い。様子を窺っていたら、専務と野間さんがなにも言わずに事務所を出ていき、続いて楢崎部長が出ていく。

「松浦さんはしばらく伝票整理をお願いします。幸村さん、瀬川主任に朝礼を頼むと伝えておいてください」

雄之さんは出社したばかりで目を丸くしている幸村さんにそう言うと、入れ替わるように事務所を出ていった。

「何事？」

「私たちも全くわかりません」

幸村さんの疑問に芳賀さんが首を横に振って、瀬川主任と沢井さんが出社してきて朝礼が始まる。今度はなにがあったのかとざわつく事務所で、割り当てられた伝票整理をしながら、真っ黒になったパソコンをチラチラと見た。

……私、壊しちゃったのかな。弁償とか言われたら、ちゃんと弁償できるだろうか。

そんなことを考えていたら野間さんが事務所に戻ってきて、ちょいちょいと手招きしてきたから近づいた。そして「こっち」と言われてついていく。

エレベーターに乗り込んで降りると、十五階の重役会議室に連れていかれた。

軽いノックと同時に野間さんがドアを開けると、真っ先に飛び込んできたのは、真っ正面に座る社長の難しい顔。

その隣に専務、そして右側に置かれた長机の列に事務所の部長たちが座り、左側の列に……ポッンと俯き加減の女性社員がひとり。

「松浦さんは、野間さんの隣に座ってください」

専務の言葉に、一番端に座った野間さんの右側で、雄之さんと挟まれる形で座らされる。

……重苦しい雰囲気が痛いほど伝わってきて、嫌なドキドキが止まらない。

冷や汗をダラダラ流していたら、社長の表情が少しだけ和らいだ。

「一応、念のために確認なのだが……」

な、なんの確認でしょうか？

「松浦君。君は昨日の二十二時頃はどこにいたのかね？」

言われた言葉に一瞬ポカンとする。昨日の二十二時は、雄之さんの部屋にいた。

昨日のことをいろいろ思い出して、みるみる真っ赤になっていく私に、社長が不思議そうな顔を返してくる。

まさか、こんな重苦しい雰囲気の中で『上原部長の家にいました』なんて告白できるはずもなく。無言でいたら、隣の雄之さんが堂々と片手を上げて社長を見た。

「松浦のアリバイを確認する必要はないでしょう。画像は確認されたと思いますが」

アリバイ？　画像？

聞き慣れない言葉に瞼をしばたたかせていると、社長は苦笑する。

「念のため、と言っているだろう。なぜ君が不機嫌になるのかね」

なんの話か意図が掴めないけど、雄之さんが不機嫌になっているのはわかる。

困っていると、社長の隣に座っていた専務が私と彼を見比べ、微かに眉を上げた。

「もしかして、一緒にいたのか？」

小さな声でも、静かな中でよく通る。

社長の視線が戸惑ったように私と雄之さんとを交互に見て、楢崎部長が首を伸ばして私を覗き込み、それから野間さんが顔を押さえた瞬間、目の前にポツンと座っていた女性社員が顔を上げた。射抜くような視線が私に突き刺さる。

「認めません。上原部長の恋人は私なのに、どうしてそんな女が隣に座っているの！」

え、えーと。座れって言われたから、だけど……。

「じゃあ、席を移りま――」

「移ってどうするんですか。馬鹿ですか、君は」

雄之さんに睨まれてしょんぼりしていたら、楢崎部長が意地悪く笑い始めた。

「なんだ。またか？」

楢崎部長の言葉に、雄之さんは鋭い視線を彼に向ける。

「以前より悪いです。それに、今回の問題は、営業部の一社員が経理部の松浦のパソコンに不正アクセスしたってことですから」

ふ、不正アクセスって、なんのことか全然わからない。混乱して俯いていたら、隣から肘で突かれて、雄之さんを見る。そして声には出さない〝馬鹿〟の言葉。

雄之さんって、私に対して馬鹿って言い過ぎると思う。

目を細めて眺めていたけど、彼はいつも通りの真面目な顔をして立ち上がった。

「被害としては最少です。松浦の書類については些細なミスが多かったので、こちらで二重に確認していましたし」

彼は真剣な表情で続けていたけれど、目の前でおこなわれている会議の内容は頭に入ってこない。

漠然とわかったのは、目の前の女性社員が、私が使っていたパソコンの情報を勝手にいじっていたということと、事務所内に隠しカメラがつけられていたこと、それから現金出納の数値が一部改竄《かいざん》されていたこと。

……そして彼女が、〝自分が上原部長の恋人〟だと言っていること。

この状況が私は全然呑み込めない。それでも会議はどんどん進んでいき、タイミングを見計らって野間さんが私を連れ出してくれた。

野間さんは腕時計を見てから、顔を上げる。

「松浦さん、お昼入っちゃおう。あの彼女の話、聞きたいでしょ?」

意味深に笑う野間さんと目が合って、しばらく考える。

彼女って、雄之さんの恋人発言をした彼女だよね? それなら……。

「聞きたいです」

真面目な顔をして呟くと、野間さんにコートとバッグを持ってきてもらい、ちょっと歩いた先のレストランに入った。


店の中でも奥まった席に座り、メニューを見ながら野間さんはなにか思い出したように笑う。

「芳賀さんと幸村さんが、すっごく心配してたよ。パソコンには触るなって言ってきたけど。あまり表向きにできない話だしね」

それにはただ頷きを返す。とりあえず、あまり食欲はなかったけど、サンドイッチランチを頼んで野間さんを見た。

「落ち着いたら上原部長からも話があると思うけど。自称・上原部長の彼女発言した宮園《みやぞの》さん。いわゆるこじらせ片想い女子、とでも言っておくね」

水のコップを片手に目を丸くした。それを見て、野間さんは無言で頷く。

「上原部長、入社時は営業部にいて、彼の補佐として宮園さんがついたの。逸話はたくさんあるけど、彼女気取りで手作り弁当を押しつけたり、毎日【見てます】ってメールを送ってきたり、マンション前で待ち伏せしていたり。しまいには、彼と挨拶を交わしただけの女性社員をいじめ始めて、さすがの上原部長も音を上げたの」

……かなり引いた。それは、どうなんだろうか？

「彼が経理に来て五年経つけど、しばらく落ち着いていたのに。なんで再燃したかわからないなぁ」

ブツブツ呟いた野間さんだったけど、それぞれのランチが届いて口を閉じた。

そして店員さんが離れていくと、唐突に野間さんはクスクスと笑い始める。

「それにしても、ごめんね。松浦さんを当事者として呼ぶつもりはなかったようだけど、社長と上原部長で言い合いに発展しちゃってね。松浦さんを呼ぶ必要はないって上原部長と、共犯を疑って念のために松浦さんを呼びたがった社長と。でも上原部長にしたら言いにくいよね。一緒にいましたとか」

それは当たり前だよ。顔を赤くしながら黙々とサンドイッチを食べ始める。

「でもね、ちょっとおかしいのよね。土日の事務所は鍵かけてるのに。鍵は事務所の部長クラスが管理しているし、一応、警備に予備はあるけど、どうやって宮園さんが入れたのか」

そうなんだ。いつも出社すると鍵が開いているから、気がつかなかった。

「ずっと調べていたんですか？」

聞いてみると、野間さんはランチを食べながらゆったりと微笑む。

「ほぼ一年がかり。きっかけも松浦さんだったはずよ。なんだったかなぁ。あなたが入社してからしばらくして、結構大きなポカしたよね？」

そう言われてすぐに思い出したのは、新人のときにやらかした大惨事。あれは瀬戸際で雄之さんが気がついて、速攻で訂正してくれたから助かった。

「前の日まで確認していた正常な数値が、翌日には大幅に変わってたって驚いてた。ああ見えて、上原部長って細々と部下を見てるのよ？　だからあのデスク配置なの。部長席からよく見える位置に新人の松浦さん。隣に教育係で、少しはしゃぎやすい芳賀さん。引きしめ役に幸村さん。瀬川主任と沢井さんは放っておいても我関せずで、黙々と仕事をするタイプだしね」

それはとてもよくわかります。そして、今さらながらわかったこともあります。

「私って、たくさんの人に見守られていたんですね……」

「主に、上原部長にね。彼、最初は宮園さんタイプが入ってきたのかと思って、ソワソワしていたのが懐かしいな。あなたがおとなしくて、なにを考えているかわからなくて、俯いてばかりいたから。でも、急に扱い方が変わったのよね？」

扱い方が……って、たぶんそれは私が〝魔女〟だとバレてからかもしれない。私だって、いきなりどうしたんだろって思ったもん。

「部長って、本当に私のどこを気に入ったんでしょうか」

「松浦さんのことだから、それはノロケじゃないよね？」

優しく笑みを浮かべながら呟く野間さんに、私は赤くなった顔を俯かせる。

「まぁ、今回の件はしばらくかかると思うの。でも、落ち着いたら聞いてみなさいよ。告白はうまくいったんでしょ？」

……う、うまくいったよね。うまくいき過ぎで、大変な事態になっちゃって。

恥ずかしさに両手で顔を隠した私に、野間さんは声を上げて笑った。

疑惑と説得

表向きは何事もなく過ぎた二月。それでも三月に入った決算期に、一日付けで営業部の課長と営業事務の女性社員が同時に退職して噂になる。

「いろんな憶測が飛び交ってるよねー」

芳賀さんが呟くと、幸村さんがキリッと顔を上げた。

「いいから。あなたたち、キッチリ伝票整理してちょうだい。特に松浦さん。あなたさっきから手が止まりがちよ」

「……すみません」

幸村さんはキビキビと全体を見ているなぁ。苦笑しつつ伝票整理に戻る。

あのとんでもない会議からしばらく経つ。表向きは何事もない風を装って、水面下では雄之さんたちは大わらわしていた。

ちなみに、営業課長と宮園さんが退職した以外にも少し変わった点がある。今までやってこなかった営業部の書類も、少しずつ私に回されるようになった。そして雄之さんは社長や専務に呼び出されたりで、席にいる方が珍しいくらいになっている。

そのおかげか席に戻ってきてもいつも残業で、私に届くメールの数も前よりは減った。内容だって【お前は心配しなくてもいいから】のみでなにもわからない。

雄之さんのいない空席のデスクを眺め、嫌な想像をして溜め息をついた。

実は私も疑われていて、私を調べるためにわざわざ近づいてきたんじゃないかとか、雄之さんの言う〝好き〟は本当なのかとか。そこを疑ってしまう。

だって、疑っていた人間を好きになることはあり得ないでしょう?

確かに私は単なる経理事務の社員で、上層部のことを知る立場にないだろうけど。なにもわからないから余計に勘ぐってしまうし、疑い深くもなる。

「松浦さん、今は仕事中。これから忙しくなるからしっかりして」

幸村さんに厳しい顔を向けられて、雄之さんのデスクから伝票に視線を戻す。

でも、幸村さんたちだって、今のこの時期に雄之さんがいないのは気になっているはず。でも、なにも言わないっていうのは、それが大人の対応で、私は子供っぽいんだろうか。

日々の業務はどんどん増えていき、雄之さんも席に戻ってくるようになった。

とはいえ会話らしい会話もなく、たまに書類のやり取りをするだけ。

そんな数日を過ごし続けた金曜日。

「松浦さん」

退勤をスキャンしたところで、久しぶりに雄之さんが声をかけてきたから振り返る。

「顔色が悪い。大丈夫なんですか？」

いつもと変わりない雄之さんの真面目な顔を見上げ、それから視線を床に落とした。

「大丈夫です」

「そうでしょうか？　少し痩せたような気もしますが……」

そう言って頬に触れようとするから、思わず身を引いた。訝しげな顔をする雄之さんを見ながら苦笑を漏らす。

「大丈夫です。昨日は眠るのが遅くなって、少し寝不足なだけですから。では、お疲れさまでした」

言いきるだけ言いきって、ドアを開けるとロッカールームに急いだ。

久しぶりに話しかけられてびっくりした。正直、まともな態度じゃなかったと思う。でも、どうしていいかわからない。急いでコートとバッグを手に取ると、ロッカールームを飛び出す。

その先に、コートに身を包んだ雄之さんが難しい顔をして立っていた。

「可南子。話がある」

たぶん、私にはないんですけどね。

視線を逸らしながら、持っていたコートを着て、それからバッグを持ち直す。

「今日は寝不足なので、また今度にしてください」

「却下だ。連れて帰る」

腕を掴まれて歩きだされる。強引に引っ張られながら目を丸くした。

「ちょ……部長？　だから、今日は！」

まだ頭の中でいろんなものが消化しきれていなくて、整理整頓もできていないのに、まともな話なんてできない。

慌てて足を止めて踏ん張ってみたら、雄之さんはそれをじっと見て、なにを思ったのか私を片手で持ち上げた。

「部長！　ここは会社！」

「知ってる」

慌ててピッタリくっついた身体を引き離そうとすると、逆に力強く抱きしめられる。

不機嫌そうにムスッとしたまま警備室の前を通り過ぎ、目を丸くした警備員さんに見送られながら駐車場へ向かった。

車まで来て、助手席にそっと下ろされてシートベルトをつけてもらうと、雄之さんは勢いよくドアを閉め、運転席に回ってきて乗り込んでくる。

……不機嫌そう。でも、わけもわからなくてイライラしているのは私もだと思う。

雄之さんは無言でエンジンをかけて、車を走らせ始めた。エンジン音がいつもより騒がしく耳に届き、それが彼のイライラを象徴しているみたいに感じる。

「……悪い。とにかく部屋に着いてからだ」

微かに頷いて外を眺める私に、小さく息を吐き出す音が聞こえた。

雄之さんの部屋に着き、ビーズクッションに座らされる。彼がキッチンに向かい、なにやらレンジで温めている電子音が聞こえた。

甘いにおいが近づいてきて、雄之さんはコトリとマグカップをテーブルに置くと、目の前に正座をしていきなり頭を下げた。

「悪かった。お前へのフォローを忘れていたわけじゃない」

あまりと言えばあまりにも唐突な謝罪に、ポカンと彼を見下ろす。

「野間からは、宮園の話しか聞いてないんだろう？　お前のことだから、きっと変な方向に考えてると……」

顔を上げた彼の表情は真剣だけど、声は無理して落ち着かせているように聞こえる。

それにしても、私なら変な方向に、ってちょっと失礼じゃない？

「言っておくが、俺は可南子を疑ったことはないからな？」

あくまでも生真面目にそう言うから、思わず首を傾げてしまった。

すっごく嬉しいけど、会社の一員としてはちょっとダメだと思う。

眉を寄せると、雄之さんは目もとを和ませた。

「そもそも、数字が違うのは今に始まったことじゃない。前はネットワーク共有してたから、特定するのがややこしくて、ネットを外してしばらく様子見てたら、また最近誤差が出てきたから……」

言いながら、彼は脚を崩して座り直す。

「直接、数値を変えに事務所に来てるとは思ってもみなかったが、網張ってたら宮園が引っかかった。でも、お前も少し悪い。パスワード、生年月日はセキュリティにならないって言ったろ？」

パソコンの個人認証パスワードのこと？

「本来なら俺が囮《おとり》になる予定だったのに、お前の端末が使われているのがわかって、少し予定が狂った」

雄之さんはブツブツ言いながら眉間にしわを寄せ、困ったように視線を外していく。

「でもあの女が、可南子のパソコンをターゲットに選んだのは、申し訳ない……」

情けなさそうな、でも怒っているような複雑そうな横顔が見えた。

「はい？　それってどういう……どうしてあなたが謝るんですか」

意味がわからない。雄之さんが私のパソコンをターゲットにするはずないし、話が通じない。今の説明、飛ばしちゃいけないなにかをごそっとすっ飛ばしたよね？

じっと黙って見つめていたら、雄之さんはちょっとだけ困ったように私を見て、居心地が悪そうにまた視線を逸らす。

「俺が新人のお前の動向をチェックするのは当たり前だが、どうやら新人の世話を焼く感じで見ていたわけではなかったらしい」

キョトンとしながら無言でいると、雄之さんはなぜかソワソワし始める。

とっても言いにくそうにしているけど、なんの話？

難しい顔でますます困っていく彼に、私もつられて難しい顔になってしまった。

「部長？」

「この前は雄之って呼んだのに、今さらまた部長か」

とても悲しそうな顔をされても、私が雄之さんの名前を呼んだって、覚えてな……

いや、覚えている。それってあれだよね？　この部屋で、初めて雄之さんに抱かれた夜の話。思い当たって、みるみる顔が熱くなった。

「今、それ関係ないから！」

思いきり叫ぶと、雄之さんが吹き出して笑い始める。

「いや、悪い。ひとりだけ恥ずかしいのは嫌だった」

なにが恥ずかしいって、絶対に私の方が恥ずかしい！

わけもなく感情が高ぶると視界がどんどん歪んでいって、ポロポロと涙がこぼれた。

「意地悪過ぎる！」

「いやいや、そんなつもりはないんだって。泣くなよ。お前は泣き虫だな」

「泣き虫なんかじゃありませ──」

言いかけたら、ふわりと抱きしめられて、その温かさになぜかホッとした。

私は単純だ。思わず目の前のぬくもりに頬をすり寄せたら、小さく笑われる。

「なんだ、甘えてんのか？」

雄之さんは私を抱え直し、自分の膝に乗せ、視線を合わせると困り顔で微笑んだ。

困らせたいわけじゃないけど、仕方ないなぁとでも言いたそうな、雄之さんのその笑顔は嫌いじゃない。だって、それは私を許してくれているから。

「宮園が言うには、俺はずっとお前のことを見ていたらしい……な。女の勘ってやつは怖い」

ぶっきらぼうに言われた言葉に、パチクリと瞬きをする。

「宮園さん？　女の勘って言われても」

「俺は、お前をずっと〝異性〟として見ていたらしい」

雄之さんは少し照れながら、はにかむように笑って低く囁く。

見ていたらしい……って、ずいぶん他人事な。でも、それってなんかおかしいよ？

野間さんから聞いた話と違う話になっている。

「私も宮園さんタイプで、落ち着かなかったんじゃないの？　おとなしくて、なにを考えているかわからなくて、俯いてばかりいるから」

「は？　なに言ってる？」

お互いに顔を合わせて、お互いに無言で疑問をぶつけ合った。

そしてなにかに気がついたように、雄之さんは納得してひとりで頷く。

「野間がそう言ったか？」

雄之さんは呆れたようだけど、野間さんから、私が宮園さんタイプだと思ってソワソワしていたって聞いたもん。

「タイプは違うだろ。お前は画面いっぱいに文字が入ったメールはくれないし、呪われそうな恋の詩を職場で朗読しないし、食べ物に髪の毛入れないし、これ見よがしに隠し撮りもしないだろうし」

今、血の気が引きそうなことをサラッと言われたような気がする。野間さんもなんだか引くようなことばかり言っていたけど、それ以上だ。

聞き流してしまった方がいい気がする。でもこれって、不服を申し立てられているんじゃない？

「……雄之さんは、私からメールが欲しいの？」

「まぁ、【わかりました】以外の文面もたまには見たい」

「だって、雄之さんだって、【心配しなくてもいいから】だけだったじゃない」

「めちゃくちゃ塩対応されてんなーって、ずっと思ってる」

塩対応していたわけじゃない。というか、現在進行形で思っているの？

「メールって、なにを書けばいいのかわからなくて。用件以外にもなにか書くものなの？」

「難しいな。俺も用件以外はなにを書けばいいかわからない。お前の場合、会話の方が楽しい。あっちこっちに話が飛んで」

「雄之さんほどじゃな……」

否定しかけて、話をはぐらかされていることに気づいた。

「それで、いつから私を見ていたと言うんですか」

「見ていたのは入社してきたときからだろ」

雄之さんは小さく息を吐くと私を抱き直し、コテンと肩に頭を預けてくる。

「俺も知らないよ。だいたい俺がお前を好きだなって自覚したのも、結構最近の話なのに……」

情けなさそうな声音に、思わず彼を見ようとして、逆にガッチリ抱きしめられて唖然とした。

今、ものすごーく甘えられた気がする。私の単なる希望的な思い込み？

「お前も薄々気がついてると思うが、今回の件は業務上横領だ。被害額としては数十万ってとこか。差額を営業課長は使い込んでたらしい。宮園はあの課長と付き合い始めてから共犯関係になったようだ。すぐに破局したらしいが、共犯関係は続いてて……利用されてたんだろうってのが、上層部の見解だ」

あっさりすごいこと言うなぁ。

「宮園が言うには、お前のパソコンを使ったのは腹いせだったらしい。俺が好きになった女を狙ったと。だからごめん」

ちょっぴり悲痛にも聞こえた声音に、また首を傾げた。

つまり宮園さんは、私を異性として見ていた雄之さんに気がついて、それで私のパソコンをターゲットにしたと?

雄之さんの声はすごく申し訳なさそうに聞こえる。それって、雄之さんは本当に私のことが好きって、そう思ってくれていると考えていいの?

そっと彼の身体に手を回し、力いっぱい抱きつく。

「ちょ……お前、馬鹿力!」

「私、疑われていたと思って悲しくなりました」

耳もとでボソリと呟くと、もがいていた雄之さんの動きが止まった。

「疑われてたから、調べるために近づいてきた、って思っちゃったりもしました」

「お前は変に後ろ向きだから、そんな風になるだろうな、って少し予想してた」

「予想してたなら、フォローしてください」

苦笑して手を放すと、雄之さんも抱きしめるのをやめて顔を見合わせてくれる。

「お前のパソコンを使われていることは、途中から気がついていたが、どうにもできなかった」

そう言ってしょんぼりすると、小さく「悪い」と呟いたので、私は戸惑う。

一年以上かけて秘密にしながら、内偵していたんでしょ？　詳細を平社員に話せるはずがないのは理解はするよ。そして雄之さんはちゃんと『パスワードを変えろ』と忠告してくれていたじゃない。

「私、パソコン壊したかと思って焦りもしました」

「前の日に、パスワード三回間違えたら、大音量でエラー音を出すように設定した。焦って強制終了して逃げたが、隠しカメラにはバッチリ宮園が映っていたな」

設定した？　雄之さんが？

「もしかして、それで土日出勤してたんですか？」

「まぁな。さすがに人前で隠しカメラとか、パソコン設定とかいじれないし」

「でも、私のパソコン、今度はちゃんと誰にもバレなさそうなパスワードにしたのに」

彼はクッと笑うと、私の頬を手の甲でスルッと撫でていく。

「俺は管理者権限で、時間さえあれば解除できる」

そうなんだ。でもそれは……？

「ならあのとき、病院で私のパスワードを聞かなくても開けられたんじゃ？」

病院でわざわざパスワードを聞かれた記憶があるよ？

「いや。さすがに許可があるとき以外は無理。社長から許可もらった上での、緊急措置に近い方法だから。事務所の面子の前でするわけにもいかないだろ」

管理者権限って言っても大変なんだな。まぁ、悪用もできちゃいそうだもんね。

「……今、変なことを考えたろ」

目を細めた雄之さんから、こそ～っと視線を逸らした。

「俺はそもそも経理畑の人間じゃない」

「営業？」

「営業に突っ込まれたけど、昔はクリエイターを目指してた。ものを作るのは趣味だな。俺は愛想笑いが得意じゃない。地味にコツコツなにかやってる方が性に合う」

言いながら、雄之さんの手が妖《あや》しく動きだす。

「ちょ……っ、雄之さん。どこ触って」

「お前のことしばらく構えなかったから。やっと一段落したと思ったら逃げるし。これから決算で、また忙しくなるだろ」

いや、だからってこの構い方はどうだろ。

「誤解はなくなったか？」

「う、うん。大丈夫。大丈夫だから、雄之さん……！」

服の上から触れられて、真っ赤になりながらその手を押さえた。

「案外、あっさり許したな……」

「え。なにか言いましたか？」

「いや。なんでもない」

唇を塞がれて、途端に力が抜けていく。

雄之さんのキスって、温かくて好き。繰り返されるキスを受け止めて、今は流されちゃダメな気もしたけど、そっと横たえられたらそんなことはどうでもよくなった。

許すも許さないも、私は雄之さんが好きなんだなって思う。好きになっちゃったら、だいたいのことは大目に見ちゃうものじゃない。

キュッと抱きしめ返したら、嬉しそうな笑顔が私を見下ろす。

「夜は長いぞ？」

一瞬、覚醒しかけた意識はすぐに快感に取って代わられる。

「雄之さ……」

そして、霞んでいく意識の中になにもかもが呑み込まれていった。

「おはよう。起きたか？」

土曜日の朝、まだ頭が起きたわけじゃないけど、そう聞こえて目を開けた。

「……寝てます」

「そうか。俺に襲われてもいいならいいぞ。めちゃくちゃそそられるような格好してるし、休日のデートとして悪くない提案だ」

視線を上げると、すでに雄之さんはTシャツにジーンズ姿。片や私は裸ん坊で羽毛布団。これはかなり無防備過ぎる。

「お、起きます！」

もぞもぞ動くと、小さく吹き出された。

「シャワー浴びてこいよ。少しは目が覚めるだろ」

布団が落ちないように気をつけながら起き上がると、雄之さんはなぜかちょっとだけ不機嫌そうに眉を寄せる。

なんだろうと思いつつも、シャワーを借りて頭をスッキリさせると、脱衣所にいつの間にか置かれていたブカブカなTシャツとスウェットパンツを眺めた。

ご丁寧に新品のボクサーパンツも置かれていて、悩んだ末に拝借する。

着替えてからリビングに向かったら、ちょうど彼がキッチンから出てくるところだった。彼は私の顔を見て、からかうように片方の眉を上げる。

「ああ。そっか、やっぱり素っぴんだと印象変わるな。眉毛が薄い」

「見ないでください」

「惚れた女を見てなにが悪い。とにかく朝飯にするぞ」

サラッと言われて顔を赤くしていると、クッションに座らされ、目の前のご飯に瞬きする。ちょっと片目がつぶった目玉焼きにウィンナー。バターの塗られたトーストにヨーグルト。それからコーヒーの入ったマグカップ。

「作ったの?」

「普段は作らない。というか、自炊は面倒だからほぼやらない」

そっか。作れないからじゃなくて、作りたくないから自炊はしない系の男子なのか。そう思うと、ちょっぴり貴重な朝ご飯かも。

「いただきます」

「あり合わせで悪いな。ところで可南子。お前は飯しっかり食ってたか?」

キョトンと視線を上げてから瞬きする。しっかり食ってた……と思う。

「この間より痩せてた。ダイエットとか言うなら、やめておけ」

「ダ、ダイエットって、してませんから!」

「……そうか。ならこっちでいろいろ考える」

トーストをかじりながら仏頂面の雄之さんに、唇を尖らせる。

「なにを考えるつもり?」

「俺が食わせようって考えてる。お前って悩みだしたら、食う量が減るタイプだろ」

そう言われて目を丸くした。

悩み事があると食欲はなくなる。確かにそうだけど、教えた記憶はないよ?

馬鹿みたくあんぐりと口を開けて眺めていると、彼は力なく肩を落とす。

「俺のことで悩んでくれるのは嬉しいが、昨日は途中で気絶だし」

「昨日は、だって、雄之さん、ずっと……!」

ノンストップだったじゃないか! でも、そんな恥ずかしい発言はできない。

「まぁ、怒るな。さすがに昨日は反省することも多いが。ちょっとにしようと思っていても止まれなかったっていうか、止まりたくなかったっていうか?」

半笑いを浮かべながら、彼はゆっくりとコーヒーを飲む。

「男の人って、好きものなの?」

「失礼だな。目の前に好きなものがあったら手を出すのは普通だろ」

好きなものって、好きなもの……わ、私?

「今さら照れるな。こっちが恥ずかしくなるだろ」

いや、これって間違いなく照れる事柄だと思うよ？

そして、なぜかお互いに今さら照れながら無言で朝ご飯を食べた。


「食い終わったら買い物に行こうか」

コーヒーのおかわりを飲む雄之さんに、顔を上げてから首を傾げた。

「買い物？　なにか欲しいものがあるんですか？」

「お前の着替え。そのつもりはなかったけど……焦って俺が破った」

乱暴にされた記憶はない。起きたら着ていたものがなくなっているなーとは考えていたけど、破かれていたのか。雄之さんは思っていたより野獣なんだ？

顔を赤くしている彼を、つい呆れた目で見てしまった。

「別にいいですよ。コート着ちゃえばわからないでしょう？」

「それだけじゃなくて、部屋着？　今の姿もめちゃくちゃ可愛いが、俺のうちに泊まりに来るたびにその格好だと、俺の理性がもたない。あとは歯ブラシや調理器具とか、メイクの道具？」

なにをサラッと恥ずかしいことを言っているんですか。

「もしかして、泊まりに来ることが前提の話ですか？」

「そう。泊まりに来ることが前提。状況的には仕事帰りになるだろうが、せっかくふたりでゆっくりできるのに、仕事着じゃ窮屈だろう」

それは……今後についてのこと？　また泊まってもいいってことなの？

先のことなんて全く考えてなかった。それなのに雄之さんの方から未来的な話をされるって、すっごく嬉しい！

「……おい。人の話を聞いてるか？」

「はい！　嬉しいです！　行きましょう！」

笑顔で答えたら、途端に彼の表情が無になる。

あれ？　私はまたおかしいことを言った？　それともなにか聞き逃している？

彼は少し考えるように腕を組み、それからそっと私の手を取って真剣な顔をした。

「よし。じゃあ、指輪を買いに行こうか」

私はいったいなにを聞き逃したの－⁉

「ちょ、ちょっと待って？」

「待たない。正直、ここ逃したら、絶対にお前は『はい』なんてすんなり答えない気がしてきた」

うわぁ。また聞き分けのないことを言い始めたけど。

「聞き逃してました。だから今のはノーカウントにしてください」

必死で食い下がる私と、両手で耳を塞ぐ雄之さん。やってることは子供だから！

「雄之さん！　いくら私でもいい加減にしないと怒りますよ？」

冷たい視線を送ると、ふて腐れたように雄之さんは口もとを尖らす。

ちょっと可愛いけど、大の大人、男の人がすることでもないよ。

「結婚して一緒に住むのもいいけど、まず先に両親に挨拶だよなって言った」

「え……？　もう一回」

「お前な。俺だってさすがにこんなこと何度も言えるほど、神経図太くないぞ？」

苦笑する彼を、私はただ目を丸くして眺め……また、あんぐりと口を開けた。

雄之さんがいきなり『指輪』とか言うから、ある意味で想像していたセリフではあるけど、冗談で濁されるって考えていた。

それをしっかりと言い直して、私の前に正座をして座り直し始めてる。

「本気……？」

「こんなことを、冗談で言えるように見えるか？」

ちょっと見える。けど、そんなことを言ったら確実に怒られる。

「私でいいの？」

「いいんだろうな」

「なんですか、その他人事な言い方」

雄之さんは困った顔をして、頭をかきながらチラッと外を見た。

「……この女と一緒になりたいなって思ったら、言うんじゃないのか?」

言うんじゃないのかって……言われても。困るのは私の方だと思うの。

「常々思ってましたけど、展開早過ぎですから」

「そうでもないだろ。だいたい可南子のペースに合わせてたら進展するものもしない」

一理あるから反論も思いつかない。

「でも、わ、私は、可愛い人じゃないです。平凡で普通だし……」

呟いていたら、雄之さんの表情が困ったように笑いだしそうなものに変わる。

「それは主観の違いだな。俺にとって可南子は可愛い女だ」

「いえ! もともと太っていたし、将来的に太るかもしれない。そうなると病気の心配も出てくる」

「いや、待て。そこまで飛躍するな」

厳しくストップをかけられて俯いた。

「だって……」

「可南子が自分に自信を持ってないのは知ってるが、その状況でお前が太るなら、同じもの食ってるだろう俺も太るって。それなら一緒だろ?」

「一緒じゃないもん。妊娠したら太るって父さん言ってたもん」

「それ、腹がでかくなるだけ……」

言いかけて、彼の言葉が止まった。不思議に思って俯いていた顔を上げると、飛び込んできたのは、真っ赤になって固まった雄之さんの表情……耳まで赤い。

「雄之さん?」

「うわー。お前のミニチュアが走り回ってる想像ができた。子供はガリガリより、ふくふくしてた方が、なんか幸せだな」

ひとりで幸せそうにしている雄之さんに、とりあえず無言で微笑んでみる。いきなりそんなこと言われたって、同意はできません。少しだけ現実逃避をしたくなってきた。

大きく溜め息をついて、横目で彼を見る。

「雄之さんて、話を脱線させるの得意だよね」

我に返って恥ずかしくなったのか、赤い顔のまま、雄之さんはしょんぼりと眉尻を下げる。

「嫌なのか?」

嫌なわけじゃない。正直言うと、とても嬉しい。

でも結婚ってタイミングとは聞くけれど、その場のノリとか、一時の感情とかで決めていいことじゃないとも感じる。

「シンプルに考えろ。好きな者同士で結婚した方がいいと思うだろ?」

「それは思うけど。男の人って、すぐに結婚しようってならないでしょう?」

だいたい私は二十三歳だし、雄之さんだって三十一歳だし。男盛りってものじゃないの? もしかして、三十一歳って結婚を考える年齢なの?

「他の男と比べられたらムカつくけど。まぁ、俺はその気になった」

忘れていたけど雄之さんはガキ大将だった。どこか偉そうにしている雄之さんに、私は目眩がしそう。

私だって、好きか嫌いかで言ったら、もちろん雄之さんが好き。そうじゃなければこんなに近くにもいない。

「本当に私でいいの?」

チラチラと雄之さんを見ると、少しだけイラッとした顔をされる。

「クドイ。可南子〝で〟いいんじゃなくて、可南子〝が〟いい」

この人、真面目な顔をして言っているけど、めちゃくちゃ恥ずかしいことになっているって気がついているのかな。

「将来、太るかもしれないですよ?」

「悩ませて、痩せさせるような苦労はかけないように努力する」

「お洒落でもないし、家ではジャージだし、素っぴんは眉毛薄くても?」

雄之さんの片方の眉がピクリと動いて、おかしそうに口もとが歪む。

「お前はいいのか? 俺様だし、ガキ大将とか呼ばれてるし、説明は長い。それに、現状の俺はやたら健康的な男だったようだし」

最後のセリフだけは少し言いにくそうに、あらぬ方を向きながらボソボソと言う雄之さん。

思わず吹き出した。

あれかな。夜方面のお話?

「えーと。それはそちらで善処してください。私の身がもちません」

「じゃあ……?」

キラキラと期待いっぱいの雄之さんを見つめて、つられるように微笑みを浮かべる。

「私、プロポーズはロマンチックな方が好みです」

「だよな。そう思った」

途端にガッカリする雄之さんを見ながらクスクス笑うと、鋭く睨まれた。

「覚えておけよ？」

うーん。忘れた方が……いいような気もする？

　ある意味、普段通りの月曜日。

「最近、本気で楽しそうね、上原部長」

　ニヤニヤする芳賀さんにチラッと視線を向けると、視界の隅に顔を上げた幸村さんが見えて、とりあえず返事をせずに伝票整理に戻った。

「芳賀さん。無駄話を持ちかけない」

　やっぱり幸村さんから注意が入る。

「えー。でも、気になるじゃないですか」

「ダメよ。あなたの後ろでも目を光らせてる人がいるから。あまり困るような質問飛ばしたら、あなただけが怒られるんじゃない？」

　後ろ……？　思わず芳賀さんと一緒に振り返ると、ブルーカット眼鏡をかけた雄之さんの無表情と目が合った。

「芳賀さんだけを注意するということはないです、松浦さんもしっかり注意しますよ。それに別に話していても構いません。書類が正確に終わるのなら。君たちはこの決算期に、話をしながら、ミスなく、迅速に、書類計上できるんですよね？」

芳賀さんと視線を合わせて、伝票に向き直る。仕事を片手間にできるような高等スキルを持っているわけがない。

今期の決算期の経理はてんてこ舞い。なぜかと言うと、過去の営業部……実際には、元営業課長が水増しして横領していた部分の訂正や、計上直しを同時進行だから。

経理部だけが事実を知らされ、表向きには、決算期の忙しさが単純に大変なんです、という表情で仕事をしている。

ずっと営業部の書類を任されていた瀬川主任は、静かにショックを受けていた。

とはいえ、決算期は私はいっぱいいっぱいだから、とにかく大変で忙しい。

「そろそろかしらねぇ……」

野間さんが近づいてきて、私の肩をポンと叩いた。

「頑張ってね」

なななにがでしょうか？

とっても不穏なことを言われたけど、忙しさに紛れて時間はどんどん過ぎていく。


そして一週間が過ぎた頃。

「松浦さん。終わりそうですか？」

ちょっぴり残業のつもりでいたら、いつの間にか皆いない。部長クラスばかりになっちゃうまで残業してるって……私って鈍くさいよね。

もっと早く書類作成できるようにならないと。

書類の端をトントンと揃えて、脇に立った雄之さんを見上げて微笑む。

「すみません。遅くなりましたが、もう終わ――」

唐突に、雄之さんは私の肩に頭を預けてきた。

「え⁉　あ、あの？　ぶ、部長？」

赤くなったり青くなったりしていたら、野間さんがクスクスと笑い始める。

「大変ねぇ。松浦さん」

「あー……なんだ、上原。電池切れたか？　女に甘えるなら帰ってからにしろよ」

人事の方からも楢崎部長の声が聞こえてきて、大慌てで離れようとしたら大きな溜め息が聞こえてきた。

「悪い。もうちょっと」

「ダ、ダメですよ。ここは職場ですし、書類終わりました！」

持っていた書類ごと雄之さんの身体を押し戻すと、疲れたような、しょんぼりしたような彼が見えた。

気のせいじゃなければ、さっきまでは〝いつもの真面目な部長〟だったのに。

「わかった……」

トボトボとデスクに戻っていく後ろ姿を見送ってから、退勤をスキャンした。

「帰るのか?」

寂しそうに声をかけられて振り返る。

「ロッカーに行ってから戻ってきます。書類、チェックお願いします」

ぴょこっと雄之さんの眉が上がり、パッと書類を見た。

仕事が大変で、最近は一緒に帰ることもなかったから、今日は待っていよう。

一度ロッカーに行ってコートとバッグを持ってくると、デスクに戻って椅子に座り直した。

こうして見ると、つくづく雄之さんて整った顔をしているよね。

たまに意地悪になったり、子供っぽくわがままを言ったり笑ったりするのは可愛い。

ぼんやりしていたら野間さんが楽しそうに帰っていき、次に楢崎部長が立ち上がる。

「上原。先に上がるから、事務所の施錠よろしくな」

楢崎部長はふっと私を眺めて、それからニヤリと笑う。

「若いっていいなぁ～？」

思いきりからかってから帰っていくから真っ赤になった。

雄之さんが、こんなところでおかしなことをするせいだからね！

真剣に書類を眺めていたはずの彼は、少しだけバツが悪そうに、その書類で顔を隠し始める。

「悪かった……」

「本当です。ここは職場ですよ」

「わかってる。いや、わかってた」

ボソボソ言いながら承認印を押して、雄之さんは書類をしまうと、仕事モードの真摯な表情で私に向き直った。

「可南子が足りない」

「はあ？」

思わず出てしまった低い声に、パッと口を押さえる。

「決算期だから俺は残業ばかりで帰りは別々。忙しいからお前は帰り際には疲れてる。仕事中は幸村が目を光らせて、まわりもいるから話せないし……」

え？　なに、我慢してたってこと？

私だって毎日バタバタしてる部長に遠慮して、仕事以外で会うのは控えてたけど。

「やっぱりまだ早かったよな。一回手に入ると、触りたくてウズウズする」

雄之さんて……。

「変態？」

「変態じゃない！　普通の男の反応だろう！」

怒ったように言われて唇を尖らせる。

「芽依の彼氏の柊君だって、いつもいつもべったりしてないもん」

「俺はする」

真面目な顔をして言われても、私はどうすればいいの。

「決算が終わってから返事を聞こうと考えていて、まさかバレンタインに告白されるとは思ってもみなかった。忙しい時期は外して、お前が好きそうな場所に旅行に行こうかとか。そもそもプロポーズも朝飯食った後ってどうだよって自分でもわかっている。だから仕切り直しを考えているが忙しい。考えもまとまらなくてイライラしているのに、急にお前の笑顔を見たら……気が抜けた」

久しぶりに、部長モードの長い説明。つまりそれって、要するに。

「私が好きってことですか」

「いい加減にしろ。俺はずっとそう言ってる」

ジロリと睨まれて、拗ねたように言うから笑ってしまった。笑って、姿勢を正すとまっすぐに彼を見る。

「私、ずっと聞きたかったことがあります」

そう言うと、雄之さんも姿勢を正した。

会社でこんな話をするつもりはなかった。でもこれでお互い様になると思う。

「私には……いろいろと唐突に思えて。死神さんは、どうして私に声をかけたの？」

ちょっと困ったように呟いたら、雄之さんはゆっくりと目を丸くして、それから
じっと私を見つめてきて、最後に真面目な顔をした。

「……何度も言った気がするが、楽しそうだった。入ってきたときはしぶしぶって感じだったくせに、目を輝かせていて、楽しくて楽しくて仕方がなさそうに、ゾンビだらけのフロアを見回して」

そう言って、帽子を被るような仕草をすると苦笑する。

「だが、友達がいなくなった途端、自分の殻に閉じこもった」

雄之さんは立ち上がって目の前に来ると、私の左手を取り、そして片膝をついた。

「たぶん、ひと目惚《ぼ》れなんだろうな。信じたこともなかったが……」

彼は苦笑して、私を見上げる。

それがなぜか意地悪そうな笑顔に見えるのは、どうしてだろう？

「だから、病院で気がついたときに決心した」

「な、なにを……？」

「絶対に俺のものにするって」

ニヤリと笑うと、スルッとなにかを指に通された。

「まぁ、ロマンチックなプロポーズはいずれどこかでしてやるから、とりあえず俺のものになっておけ」

目を見開いて見てみると、左手の薬指にキラキラしたリングの輝き。シルバーの指輪には小さなダイヤがついていて、息を呑む。

「ホワイトデーにしようかとも考えていたが平日だし。お前相手だとうまくいかないよな？」

「え……ちょっ。それは私のせい？」

カレンダーの曜日まで責任持てないよ？

「大まかにお前のせいだ。とにかく話は終わり。明日は俺もしっかり休むから、お前は俺の部屋に泊まりに来い」

スッキリした笑顔で立ち上がると、雄之さんは私の手を引いて立たせた。

「待って待って、私はどんなプロポーズにも『はい』って言ってないです！」

これってとっても大事なことだと思う。ひとりで勝手に晴れ晴れとした顔をしていないで、ちょっとは私の混乱もわかってほしい。

引き止めると、雄之さんは不思議そうな顔をした。

「いずれ、『はい』って言うつもりなら同じだろ？」

「同じじゃない！　絶対に絶対に違うから！」

叫ぶように言うと、雄之さんはなにを思ったのか私を片手で抱え上げるから驚いた。だけど彼はそのままの体勢で静止する。

「断るつもりだったか？」

真剣な顔をする彼に、眉尻を下げた。

「断らない。だけど腑《ふ》に落ちないって言葉がピッタリ」

これじゃプロポーズに返事をしたも同然だけど、断るつもりはないのも確かで、嘘をつく必要もない。

どこかホッとしたような雄之さんを見つめる。

「俺もだよ。なんでお前相手だと、俺は計画通りいかないんだろうか」

「知らないですから！」

バタバタ暴れ始めた私を抱きしめて、雄之さんは笑った。

「仕方がないか。魔女に魅せられたんだもんな」

優しくはにかむように言われて、その言葉と表情に、じわじわと身体中が熱くなってくる。

魔女に……魔女にねぇ？

「じゃあ、私は死神に目をつけられたわけですね」

彼を抱き返しながら呟くと、彼はゆっくり私を下ろして……そして覗き込みながら、どこか色気を感じる微笑を浮かべた。

「そうだな。お前の魂ごと、すべては俺のものだ」

とても響く低い声で言われるから、嬉しくて、それ以上に照れくさくて困る。

なにも言えずに彼を見つめていたら、ふいっと視線を逸らされた。

「あまり見るな」

どうやら死神さんは、自分で言いながら今のセリフに照れたらしい。拗ねたように赤くなった横顔を見て笑ってしまう。

考えたこともなかったけど、案外、照れ屋なのかもしれない。

たぶん……ううん、きっと。雄之さんは私が希望するようなロマンチックなプロポーズはできないんだろうな。

だけど、それでいいんじゃない?

人には人のそれぞれがあるんだし、これは私たちふたりだからこその結果なんでしょう? とても嬉しくて幸せなんじゃないか。

ほわほわと浮遊した思考のまま、ギュッと温もりに包まれる。

「これからは、ふたりになるの?」

「ひとりじゃないなら、怖くないだろ?」

静かな声に目をつぶり、雄之さんの胸に頬を寄せた。

「うん」

「これから、いろんなことを一緒に経験していこうな?」

コクリと頷くと、雄之さんは私の髪をスルスルと指で梳《す》いてくれる。

「じゃあ、俺と結婚する?」

急にからかうように言われて顔を上げると、少し緊張したような雄之さんが見えたから、ふわりと微笑みを浮かべた。

「……はい」

雄之さんも嬉しそうに微笑んで、そして力強く私を抱きしめ直す。

……会社でなにをやっているんだろ、私たち。でも、これもひとつの物語。ちょっとおかしくて、少しだけ風変わりな物語。

これから、どんな風になっていくんだろう。だけどふたりなら怖くないし、私はワクワクしてしまっていた。

これから〝私たちだけ〟の物語が始まっていく。

ハロウィンのシンデレラ

結婚式の当日。お色直しも終わって、私は披露宴会場の扉の前で渋面を作る。

「あのぅ。やっぱり、これってやり過ぎじゃない？」

そう言って、余裕そうな雄之さんを見ながら、身につけた黒いドレスをつまむ。

たくさんのレースとシフォンを使った、プリンセスラインの真っ黒なドレス。長手袋はもちろん黒で、頭には芽依に作ってもらったとんがり帽子。

ところどころに赤いバラがついて華やかだけど、豪奢《ごうしゃ》な魔女としか言いようがない。

結婚式を会社のブライダル課に任せようとなったとき、私もある程度の覚悟はしていたけど、ここまで凝ってくれるとは思ってもみなかった。

雄之さんは困り顔の私を冷静に眺め、それから芽依の施してくれたバッチリメイクに微笑んでから頷く。

「ハロウィンのメイクより盛るのは、この際当たり前じゃないのか？　あのときの蝶は黒一色だけだったが、今回のは派手にキラキラしてる」

「でも……だからって」

「せっかく友達が気合い入れてくれたんだし、無駄にするんじゃない。そもそもイベント好きなうちの一族に囲まれるのは諦めろ」

最後にはニヤリと笑う雄之さんを見上げ、ぷくっと頬を膨らませた。

そりゃ雄之さんはフード付きの黒いロングケープで、中は素敵なタキシードだし、骸骨仮面を被ると顔は見えないからいいじゃない。視線が行くとしたら、持っている大鎌くらいだから気にならないんでしょ。

拗ねていたら、その唇をあむっと食《は》まれた。

「ゆ、ゆゆ雄之さん⁉」

「ご馳走さん。じゃあ行こうか、魔女さん」

顔が半分隠れる骸骨の仮面をカポッと被って、白い手袋をつけた手を「どうぞ」と言わんばかりに差し伸べてくる。

頬を真っ赤にしながらも睨んだら、小さくふっと笑われた。

「今日の主役は俺たちなんだから、目立つのは仕方がないだろ」

だからって、チューする理由にはならないから。

ふて腐れながらも、その手に重ねるように自らの手をのせた。

「もっとオーソドックスにできたと思うんだよね」

「大丈夫、大丈夫。まぁ、言ったら、うちの親族関係はそうでもないだろうが、お前の親族関係には驚かれるだろうな」

そうだよ。私は親族にはおとなしい子扱いされているのに、結婚式はこんな派手って、ちょっと恥ずかしい。

「お前も最初は喜んでただろう」

「あのときは浮かれてたんです！」

言い合いをしながらスタッフさんに困った顔をされ、雄之さんには耳もとをちょっとくすぐられて、思わず笑ってしまう。

「花嫁は笑顔じゃないとな。行くぞ？」

『では、新郎新婦の入場です。おふたりの馴れ初めのときのお姿だそうです』

アナウンスが聞こえ、華やかな扉が開けられると、暗い中でたくさんのジャック・オ・ランタンに出迎えられて瞬きした。

異様な会場の雰囲気に固まってしまった私を雄之さんは静かに見下ろして、それからなにを思ったのかいきなりお姫様風に抱き上げる。

「え……ちょっ！」

「お前んとこの親族もノリがいい」

雄之さんに抱き上げられたまま会場内に入っていくと、フランケンシュタインやゾンビなどの被り物をした晴れ着姿の出席者が見えた。

ええと……皆様、列席の方々だよね?

見るからにうちの親族まで仮装している。そして、たくさんのフラッシュの中、あそこで棒立ちになっている馬は間違いなく私の父さんと同じ背格好をしていた。

「ゆ、雄之さん。知っていたの?」

やたら冷静な雄之さんを見ると、彼は横に首を振る。

「いや? ただ、社長はこういうの大好きだからな。うちの会社を話に絡めたら、サプライズ仕掛けてくるだろうと思ってた」

……確かに、馴れ初め的な話になったとき、盛り上がって当時と同じ格好をしよう!と意気投合した私たちも私たちだけど、その話に絡めてここまでしてくれるうちの会社のイベンターも、相当やってくれるよね。

席に辿り着き、座らせてもらってからまわりを見回した。

口笛や、ひやかしの声がたくさんかかる。そうしている人たちはパンプキンやオバケ姿。なぜか黄緑色の全身タイツまでいる会場は、ある意味すごーく異空間で声を上げて笑ってしまった。

「すごいね。みんなが仮装してるって」

「これだけいたら、お前のドレスも意外と普通だな」

それもそうだ。黄緑色の全身タイツに比べたら、私は比較的おとなしい方だと思う。照れて赤くなりながらも、彼と一緒に皆が笑ってくれている中で各テーブルを回ったり、写真を撮ったりする。そんな中でも常に微笑みながら冷静な雄之さんは、相当年季の入った死神仮面だ。

そして披露宴の終盤。スタスタとドラキュラの扮装をしたダンディな男の人が壇上に上がっていった。

あのダンディさが見間違いでなければ、段取り的に雄之さんのお父さんのスピーチがあるはずだよね。ご挨拶に行ったときには、とても真面目そうな素敵な人だなあって思っていたのに、お義父《とう》さんもノリがいい。

「新郎の父、上原継之《つぐゆき》でございます。上原家、松浦家の両家を代表して、ひとことご挨拶を申し上げます」

鋭い牙を見せて微笑みながら、淀《よど》みなくスラスラとご挨拶しているお義父さんは、場慣れしているのか落ち着いて見える。これがうちの父さんなら、焦ってあたふたしちゃうんだろうなぁ。

それにしても、雄之さんの声も心地よく響くけど、お義父さんの声はさらに深みがあって素敵だよね。

「――と、可南子さんのようなしっかりした伴侶を得て、このたび、雄之もやっと私の後を継いでくれる気になったようで、夫婦仲よく、今後のウエスホールディングスを一緒に盛り上げていってくれればと」

お義父さんの言葉に、一瞬固まってパチクリと瞬きをする。

ウエスホールディングス？　それって、うちの会社の親会社のことじゃあ？

ちょっと待って。今、お義父さんは雄之さんが後を継ぐとか、夫婦仲よく盛り上げてとか言っていた？

「まぁ、兄貴は継ぐつもりもなく家を飛び出したし、後継ぎは俺しかいないからな」

指先で耳もとをくすぐられて、ギクシャクと隣の雄之さんを振り向く。

仮面を外していたらしい雄之さんの、それは素敵で満足そうな微笑みが見えた。

「嘘……でしょう？　雄之さん、ウエスホールディングスって、テレビでＣＭもしてる、かなり大きい株式会社だよね？」

親会社だから、たまにうちの会社の経営に口を出してくるって聞くけど、接点はそれくらい？　一介の経理事務には全く関係のない上層部。

「こんな晴れの場で、さすがの親父《おやじ》も嘘つかないよ」

プルプルと青ざめて震える私に、どこか甘く、そっと雄之さんは囁く。

「ど、どうして、言ってくれなかったの？　言う機会はたくさんあったよね？」

ご挨拶もしたし、雄之さんのご両親とうちの父さんとの食事会もあった。それに、婚姻届はつい先日出したばかりだ。

「ああ、まぁ……。お前が尻込みするだろうと予想していたから。できれば俺が本社に戻るまで秘密にしておこうかと思ってた。人事にかけ合えばわかったと思うが、俺は一応、本社からの出向扱いだから。宮園の件もあって、俺の素性を正確に知っているのは上層部だけだが、お前なら教えてもらえたんじゃないのか？」

いっそ見事なくらい清々しい笑顔の雄之さんに、目眩がしてきた。

そりゃ尻込みだってするよ！　うちの会社の社長の親族だって知ったときもびっくりしたのに、もっと大きな会社の後継ぎなんて言われたら、脱兎《だっと》のごとく逃げ出していたと思う。でも、それは過程の話でしょう？

私の性格を熟知した雄之さんらしいやり方かもしれないけど、結婚式で度肝を抜かれちゃうようなサプライズはいらないから！

キッと睨みつけると、雄之さんはお行儀悪くテーブルに肘をつきながら、悠然と微笑んで私の鼻先を指先でトントンする。

「冒険は、飛び込む勇気が必要だろ？　ふたりならどうだろうか」

楽しそうにしている雄之さんを見つけて、毒気を抜かれた。

きっとこの先も、私はこの人に敵わないなぁと思いつつ、言われたことの意味を考えてみる。

死がふたりを分かつまで、これからはずっとふたりで過ごすんだろう。

楽しいときも、悲しいときも、これからはふたり。喧嘩だってするだろうし、拗ねたりもすると思う。でも、きっとそれは楽しくて幸せだよね。

そう思った瞬間、私たちは同時に吹き出した。

目の前にはたくさんのオバケたち。結婚式というよりは、完璧にハロウィンパーティーな不思議な空間。

ひとりが怖いなら、ふたりでいれば大丈夫。きっとふたりなら、どこまでも行けそうな気がする。

そして私たちは微笑み合って、甘く優しいキスをした。

END

あとがき

初めまして、もしくはお久しぶりです。佳月弥生と申します。

このたびは、本書『強引な次期社長に独り占めされてます！』を手に取ってくださいまして、本当にありがとうございます。

ハロウィンの仮装パーティーという、状況としては不思議な夜に、正体不明な出会いから始まる物語。いかがでしたでしょうか？　楽しんでいただけたならば幸いです。


さて、今作は、とある方と「ハロウィンですねー」などと話しているときに、年々仮装パレードも派手に、凝ったものになっているなぁと感じ、『あれ？　これってマスカレード的な演出できるんじゃない？』なんて思いついたのがきっかけで書き始めてしまいました。

主人公の可南子は過去にトラウマを持ち、自分に〝超〟自信のない女の子。対する雄之は、ある意味で〝俺様〟なガキ大将。

今にして思うと、この作品は可南子の成長記録でもあり、可南子は雄之に振り回されていましたが、そんな雄之も可南子にしっかり振り回されていたようにも感じます。

恋愛って〝お互いに冒険〟ですよね。後悔をするときもあるでしょうが、なにもしなければ変化はありません。作中でも書きましたが、きっかけは好奇心でも、いざ行動するには勇気が必要で、もちろん少なからず自信も必要でしょう。その原動力は相手を想う気持ちとか、状況を変えたいと望む強い心なんじゃないのかな、と私自身は思います。

今回、改稿点は多いですが、そんなふたりの物語はそのままに、だけれど新たな気持ちで、きちんとお届けできていればいいな……と願っております。

最後に、いつも大変な中、ご尽力くださる担当の三好様、矢郷様。素敵でキュートな表紙を描いてくださったU子王子様。本当にありがとうございます！

そして、ここまで読んでくださった読者の皆様へ、膨大な感謝とお礼を込めて。

ありがとうございます！

佳月《かげつ》弥生《やよい》

佳月弥生先生への
ファンレターのあて先

〒104-0031
東京都中央区京橋1-3-1
八重洲口大栄ビル7F
スターツ出版株式会社　書籍編集部　気付

佳月弥生先生

本書へのご意見をお聞かせください

お買い上げいただき、ありがとうございます。
今後の編集の参考にさせていただきますので、
アンケートにお答えいただければ幸いです。

下記URLまたはQRコードから
アンケートページへお入りください。
http://www.berrys-cafe.jp/static/etc/bb

ベリーズ文庫

強引な次期社長に独り占めされてます！

2017年12月10日　初版第1刷発行

著　　者　佳月弥生
©Yayoi Kagetsu 2017

発 行 人　松島 滋

デザイン　カバー　根本直子（説話社）
フォーマット　hive & co.,ltd.

校　　正　株式会社　文字工房燦光

編集協力　矢郷真裕子

編　　集　三好技知（説話社）

発 行 所　スターツ出版株式会社
〒104-0031
東京都中央区京橋1-3-1　八重洲口大栄ビル7F
TEL　販売部　03-6202-0386（ご注文等に関するお問い合わせ）
URL　http://starts-pub.jp/

印 刷 所　大日本印刷株式会社

Printed in Japan

乱丁・落丁などの不良品はお取替えいたします。
上記販売部までお問い合わせください。
定価はカバーに記載されています。

ISBN 978-4-8137-0365-5　C0193

ベリーズ文庫 好評の既刊

書店店頭にご希望の本がない場合は、
書店にてご注文いただけます。

『クール上司の甘すぎ捕獲宣言！』

葉崎《はざき》あかり・著

OLの香奈は社内一のイケメン部長、小野原からまさかの告白をされちゃって!?　完璧だけど冷徹そうな彼に戸惑い断るものの、強引に押し切られ"お試し交際"開始！　いきなり甘く豹変した彼に、豪華客船で抱きしめられたりキスされたり…。もうドキドキが止まらない！

ISBN978-4-8137-0349-5／定価：本体640円+税

『エリート外科医の一途な求愛』

水守恵蓮《みずもりえれん》・著

医療秘書をしている葉月は、ワケあって"イケメン"が大嫌い。なのに、イケメン心臓外科医・各務から「俺なら不安な思いはさせない。四六時中愛してやる」と甘く囁かれて、情熱的なアプローチがスタート！　彼の独占欲剥き出しの溺愛に翻弄されて…!?

ISBN978-4-8137-0350-1／定価：本体640円+税

『イジワル副社長と秘密のロマンス』

真崎奈南《まさきなな》・著

千花は、ずっと会えずにいた初恋の彼・樹と10年ぶりに再会する。容姿端麗の極上の男になっていた樹から「もう一度恋愛したい」と甘く迫られ、彼の素性をよく知らないまま恋人同士に。だけど千花が異動になった秘書室で、次期副社長として現れたのが樹で…!?

ISBN978-4-8137-0346-4／定価：本体630円+税

『朝から晩まで⁉国王陛下の甘い束縛命令』

真彩《まあや》-mahya-・著

敵国の王エドガーとの政略結婚が決まった王女ミリィ。そこで母から下されたのは「エドガーを殺せ」という暗殺指令！　いざ乗り込むも、人前では美麗で優雅なのに、ふたりきりになるとイジワルに甘く迫ってくる彼に翻弄されっぱなし。気づけば恋…しちゃいました!?

ISBN978-4-8137-0351-8／定価：本体650円+税

『副社長は束縛ダーリン』

藍里《あいさと》まめ・著

普通のOL・朱梨は、副社長の雪平と付き合っている。雪平は朱梨を溺愛するあまり、軟禁したり縛ったりしてくるけど、朱梨は幸せな日々を送っていた。しかしある日、ライバル会社の令嬢が強引に雪平を奪おうとしてきて…!?　溺愛を超えた、束縛極あまオフィスラブ!!

ISBN978-4-8137-0347-1／定価：本体640円+税

『騎士団長は若奥様限定⁉溺愛至上主義』

小春《こはる》りん・著

王女・ビアンカの元に突如舞い込んできた、強国の王子・ルーカスとの政略結婚。彼は王子でありながら、王立騎士団長も務めており、慈悲の欠片もないと噂されるほどの冷徹な男だった。不安になるビアンカだが、始まったのはまさかの溺愛新婚ライフで…。

ISBN978-4-8137-0352-5／定価：本体640円+税

『スイート・ルーム・シェア－御曹司と溺甘同居－』

和泉《いずみ》あや・著

ストーカーに悩むCMプランナーの美織。避難先にと社長が紹介した高級マンションには、NY帰りのイケメン御曹司・玲司がいた。お見合いを断るため「交換条件だ。俺の恋人のふりをしろ」とクールに命令する一方、「お前を知りたい」と部屋で突然熱く迫ってきて…!?

ISBN978-4-8137-0348-8／定価：本体630円+税

ベリーズ文庫 2017年12月発売

書店店頭にご希望の本がない場合は、
書店にてご注文いただけます。

『強引な次期社長に独り占めされてます!』

佳月弥生《かげつやよい》・著

地味で異性が苦手なOL・可南子は会社の仮装パーティーで、ひとりの男性と意気投合。正体不明の彼のことが気になりつつ日常に戻るも、普段はクールで堅物な上原部長が、やたらと可南子を甘くかまい、意味深なことを言ってくるように。もしやあの時の彼は…!?

ISBN978-4-8137-0365-5/定価:本体640円+税

『溺愛CEOといきなり新婚生活!?』

北条歩来《ほうじょうあゆら》・著

OLの花澄は、とある事情から、見ず知らずの男性と3カ月同棲する"サンプリングマリッジ"という企画に参加する。相手は、大企業のイケメン社長・永井。期間限定のお試し同棲なのに、彼は「あなたを俺のものにしたい」と宣言! 溺愛される日々が始まって…!?

ISBN978-4-8137-0366-2/定価:本体630円+税

『極上な御曹司にとろ甘に愛されています』

滝井《たきい》みらん・著

海外事業部に異動になった萌は、部のエースで人気NO.1のイケメン・恭介と席が隣になる。"高嶺の花"だと思っていた彼と、風邪をひいたことをきっかけに急接近! 恭介の家でつきっきりで看病してもらい、その上、「俺に惚れさせるから覚悟して」と迫られて…!?

ISBN978-4-8137-0362-4/定価:本体630円+税

『過保護な騎士団長の絶対愛』

夢野美紗《ゆめのみさ》・著

天真爛漫な王女ララは、知的で優しい近衛騎士団長のユリウスを恋慕っていた。ある日、ララが何者かに拉致・監禁されてしまい!? 命がけで救出してくれたユリウスと想いを通じ合わせるも、身分差に悩む日々。そんな中、ユリウスがある国の王族の血を引く者と知り…?

ISBN978-4-8137-0367-9/定価:本体630円+税

『副社長と愛され同居はじめます』

砂原雑音《すなはらのいず》・著

両親をなくした小春は、弟のために昼間は一流商社、夜はキャバクラで働いていた。ある日お店に小春の会社の副社長である成瀬がやってきて、副業禁止の小春は大ピンチ。逃げようとするも「今夜、俺のものになれ」——と強引に迫られ、まさかの同居が始まって…!?

ISBN978-4-8137-0363-1/定価:本体630円+税

『伯爵夫妻の甘い秘めごと 政略結婚ですが、猫かわいがりされてます』

坂野真夢《さかのまむ》・著

没落貴族令嬢・ドロシアの元に舞い込んだ有力伯爵との縁談。強く望まれて嫁いだはずが、それは形だけの結婚だった。夫の冷たい態度に絶望するドロシアだったが、あることをきっかけに、カタブツ旦那様が豹変して…!? 愛ありワケあり伯爵夫妻の秘密の新婚生活!

ISBN978-4-8137-0368-6/定価:本体630円+税

『俺様Dr.に愛されすぎて』

夏雪《なつゆき》なつめ・著

医療品メーカー営業の沙織は、取引先の病院で高熱を出したある日、「キスで俺に移せば治る」とイケメン内科医の真木に甘く介抱され告白される。沙織は戸惑いつつも愛を育み始めるが、彼の激務続きですれ違いの日々。「もう限界だ」と彼が取った大胆行動とは…!?

ISBN978-4-8137-0364-8/定価:本体630円+税

ベリーズ文庫
2018年1月発売予定

書店店頭にご希望の本がない場合は、
書店にてご注文いただけます。

『冷徹副社長と甘い同棲生活』

滝沢美空《たきざわみく》・著

Now Printing

OLの美緒はワケあって借金取りに追われていたところ、鬼と恐れられるイケメン副社長・椿に救われる。お礼をしたいと申し出ると「住み込みでメシを作れ」と命じられ、まさかの同棲生活が開始！　社内では冷たい彼が家では優しく、甘さたっぷりに迫ってきて…!?

ISBN978-4-8137-0382-2／予価600円＋税

『タイトル未定』

若菜《わかな》モモ・著

Now Printing

OLの花菜は、幼なじみの京平に片想い中。彼は花菜の会社の専務&御曹司で、知性もルックスも抜群。そんな京平に引け目を感じる花菜は、彼を諦めるためお見合いを決意する。しかし当日現れた相手は、なんと京平！　突然抱きしめられ、「お前と結婚する」と言われ…!?

ISBN978-4-8137-0383-9／予価600円＋税

『御曹司による失恋秘書の正しい可愛がり方』

あさぎ千夜春《ちよはる》・著

Now Printing

失恋をきっかけに上京した美月は、老舗寝具メーカーの副社長・雪成の秘書になることに。ある日、元カレの婚約を知ってショックを受けていると、雪成が「俺がうんと甘やかして、お前を愛して、その傷を忘れさせてやる」と言って熱く抱きしめてきて…!?

ISBN978-4-8137-0379-2／予価600円＋税

『公爵様の愛しの悪役花嫁』

藍里《あいさと》まめ・著

Now Printing

孤児院で育ったクレアは、美貌を武器に、貴族に貢がせ子供たちのために薬を買う日々。ある日視察に訪れた公爵・ジェイルを誘惑し、町を救ってもらおうと画策するも、彼には全てお見通し!?　クレアは"契約"を持ちかけられ、彼の甘い策略にまんまと嵌ってしまって…。

ISBN978-4-8137-0384-6／予価600円＋税

『突発性プロポーズ～強気な社長に政略結婚を迫られて』

紅《くれない》カオル・著

Now Printing

喫茶店でアルバイト中の汐里は、大手リゾート企業社長の超イケメン・一成から突然求婚される。経営難に苦しむ汐里の父の会社を再建すると宣言しつつ「必ず俺に惚れさせる」と色気たっぷりに誘い汐里は翻弄される。しかし汐里に別の御曹司との縁談が持ち上がり!?

ISBN978-4-8137-0380-8／予価600円＋税

『ロスト・メモリ』

西《にし》ナナヲ・著

Now Printing

没落貴族の娘・フレデリカは、ある日過去の記憶をなくした青年・ルビオを拾う。ふたりは愛を育むが、その直後何者かによってルビオは連れ去られてしまう。1年後、王女の教育係となったフレデリカは王に謁見することに。そこにいたのは、紛れもなくルビオで…!?

ISBN978-4-8137-0385-3／予価600円＋税

『俺と恋に落ちれば？～御曹司と偽婚約者の甘いふたり暮らし～』

佐倉伊織《さくらいおり》・著

Now Printing

高級ホテルのハウスキーパー・澪は、担当客室にいた次期社長の大成に「婚約者役になれ」と突如命令されパーティに出席。その日から「俺を好きになりなよ」と独占欲たっぷりに迫られ、大成の家で同居が始まる。ある日澪を蹴落とそうとする銀行令嬢が登場し…!?

ISBN978-4-8137-0381-5／予価600円＋税